I0689674

SAN NICOLA
Il Credente

Una nuova storia per Natale
Tratta dall'antica storia
di San Nicola

ERIC & LANA ELDER
TRADOTTO DALL'INGLESE
DA CRISTINA CUSI

Un ringraziamento speciale a Eric e Heather Farinas per il loro premuroso contributo che ha reso possibile questa traduzione italiana. Siete stati una vera e propria manna dal cielo!

San Nicola: Il Credente è una delle numerose risorse di ispirazione prodotte da Eric Elder Ministries. Per altri libri e musiche di ispirazione, visitate il sito:
www.InspiringBooks.com

ISBN: 978-1-931760-92-8

DEDICA

Questo libro è dedicato a Lana, la mia dolce moglie, che mi ha ispirato e sostenuto affinché potessi raccontarvi questa storia spettacolare.

Lana ha apportato le ultime modifiche al libro una settimana prima di passare a miglior vita, prematuramente, all'età di 48 anni.

Erano suoi il progetto e il sogno di condividere la storia di San Nicola con tante, più persone possibili. Voleva ispirarle a donare la propria vita agli altri, come anche Gesù ha fatto per noi. Questo libro è il primo passo per trasformare quel sogno in realtà.

Per il mondo Lana poteva essere solo una persona, ma per me, lei, era il mondo. Questo libro è dedicato a lei, con amore.

INTRODUZIONE
Di Eric Elder

C'è stato un periodo in cui avevo quasi rinunciato a festeggiare il Natale. I nostri figli erano ancora piccoli e non erano presi dall'idea di Babbo Natale e dei regali, dagli alberi di Natale e dalle decorazioni.

Avevo letto che i Puritani, che giunsero per la prima volta in America, erano così zelanti nella fede da non festeggiare affatto il Natale. Anzi, arrivavano a multare nella loro comunità le attività che non restavano aperte il giorno di Natale. Non volevano avere nulla a che fare con una festa che, secondo loro, aveva radici nel paganesimo. Come neo credente e genitore, l'idea di andare controcorrente rispetto agli eccessi del Natale aveva il suo fascino, almeno per certi aspetti.

Poi, lessi l'articolo di un uomo che semplicemente amava celebrare il Natale. Non riusciva a pensare a un modo migliore di festeggiare la nascita della figura più importante della storia dell'umanità, se non organizzando la più grande delle feste per Lui: riunirsi, banchettare e condividere i regali con il maggior numero possibile di familiari e amici.

Quest'uomo era un pastore dalla fede profonda e dalla grande gioia. Per lui la nascita di Cristo era un evento così eccezionale che si rallegrava per ogni aspetto del Natale, compresi tutti i preparativi, le decorazioni e le attività che lo accompagnavano. Amava persino coinvolgere nei festeggiamenti Babbo Natale, la nostra versione moderna dell'antichissimo e realmente esistito San Nicola, un uomo di profonda fede e di grande gioia che adorava e venerava il Bambino nato a Betlemme.

Ma allora perché *non* celebrare la nascita di Cristo? Perché *non* farne la più grande festa dell'anno? Perché *non* renderla la "festa più felice di tutte"?

Mi aveva convinto. Avrei celebrato il Natale e anche i miei figli sarebbero stati molto più felici.

Ripresi a festeggiare a tutti gli effetti il Natale, e allo stesso tempo, approfondii la vita di San Nicola, quello reale, un uomo che pareva legato quasi irrimediabilmente a questo giorno santo. Scoprii che San Nicola e Babbo Natale erano proprio la stessa persona e che il primo, vissuto nel III e IV secolo dopo la nascita di Gesù, era realmente un seguace devoto di Cristo stesso.

Man mano che io e mia moglie leggevamo sempre di più sull'affascinante storia di Nicola, ci appassionavamo a questo credente che già aveva catturato il cuore e l'immaginazione di credenti e non nel corso dei secoli.

Nonostante i tanti libri e film che cercano di raccontare la "vera" storia di Babbo Natale (e di come le sue renne siano in realtà alimentate da qualsiasi cosa, dallo zabaione alla Coca-Cola), ho scoperto che esistono pochissime storie che si avvicinano a descrivere il vero personaggio di San Nicola e, in particolare, cosa lui pensasse dell'Uomo che ha dato nome al Natale: Gesù Cristo. Fui sorpreso nel constatare che, sebbene tutti i documenti storici attestino la fede di San Nicola in Cristo, nel corso dei secoli siano scomparse testimonianze convincenti a tal proposito.

Così, con l'incoraggiamento e l'aiuto della mia dolce moglie Lana, abbiamo deciso di riportare in vita la storia di San Nicola per voi, con il desiderio di aiutarvi a ritrovare l'essenza del Natale.

Mentre alcune persone, a ragione, fanno di tutto per eliminare dal giorno più sacro dell'anno qualsiasi cosa che possa alludere alla laicità, mi sembra altrettanto giusto fare di tutto per cercare di riportare Babbo Natale al posto che gli spetta: non come patrono dei centri commerciali, ma come faro di luce che punta su Colui da cui questo giorno santo prende il nome.

È con profonda fede e grande gioia che ti offro questa novella natalizia, una piccola storia. Mi è piaciuto raccontarla e spero ti piacerà ascoltarla.

Potrebbe risultare il racconto più umano della storia di San Nicola che tu abbia mai sentito.

Soprattutto, prego Dio di usare questa storia per riaccendere il tuo amore, non solo per questo periodo dell'anno, ma per Colui che rende questa festa così luminosa.

Che Dio ti benedica in questo Natale e sempre!
Nell'amore di Cristo,
Eric Elder

P.S. Ho diviso questo racconto in 7 parti e 40 capitoli per rendere la lettura più facile. Se ti va, puoi leggerne una parte al giorno nei 7 giorni che precedono il Natale. Oppure, se vuoi usare questo libro come devozionale quotidiano, un capitolo al giorno per i 40 prima del Natale, contando il Prologo, l'Epilogo e la Conclusione come capitoli separati. Se inizi il 15 novembre, finirai per la vigilia di Natale!

PARTE 1

PROLOGO

Il mio nome è Demetrio-Demetrio Alexander. Ma questo non è importante. Ciò che è importante è quell'uomo laggiù, sdraiato sul suo letto. E... beh, suppongo che non ci sia modo migliore per descriverlo se non dicendo che è un santo. Non solo per tutto il bene che ha fatto, ma perché era – proprio come tutti i santi - un credente. Credeva che nella vita ci fosse Qualcuno più grande di lui, Qualcuno a guidarlo, ad aiutarlo ogni giorno.

Se lo osservassi da vicino, sdraiato sul letto, ti sembrerebbe morto. E in un certo senso, credo avresti ragione. Ma la verità è che è più vivo ora, di quanto lo fosse mai stato.

Io e i miei amici siamo venuti qui oggi per trascorrere con lui il suo ultimo giorno sulla terra. Solo pochi minuti fa abbiamo assistito al suo passaggio da questa vita all'altra.

Dovrei piangere, lo so. Credimi, l'ho fatto e lo farò di nuovo. Ora però, posso solo essere grato perché ha finalmente raggiunto la sua nuova casa, quella casa che ha sognato per molti anni. La casa in cui può parlare con Dio faccia a faccia, come sto facendo io con te in questo momento.

Eh sì, era davvero un santo. Ma per me, e molti altri, era qualcosa di più. Era... come dire? Un'ispirazione. Un amico. Un maestro. Un aiutante. Un donatore. Come amava dare. Lui dava e dava ancora, fino a quando pareva non avesse più nulla da dare. Ma poi cercava più a fondo e trovava sempre qualcos'altro. «C'è sempre *qualcosa* da dare», diceva spesso.

Ha sempre sperato, nel suo piccolo, di poter usare la sua vita per marcare la differenza nel mondo. Voleva soprattutto aiutare le persone. Ma con così tanti bisognosi intorno a lui, che cosa poteva fare?

Era come un uomo su una spiaggia, circondato da stelle marine portate a riva dalla marea. Sapeva che erano destinate a morire se non tornavano in acqua.

Non sapendo come salvarle tutte, fece quello che poteva. Si abbassò, ne raccolse una e la gettò in acqua. Poi si abbassò di nuovo, ne raccolse un'altra e fece lo stesso.

Una volta qualcuno chiese a quell'uomo perché si sforzasse tanto: con così tanto bisogno, come avrebbe potuto cambiare qualcosa? Lui si limitò a gettare un'altra stella marina nell'acqua dicendo: «Per lei qualcosa è cambiato». Poi si chinò nuovamente e ne raccolse un'altra.

In sostanza: magari per il mondo sei solo una persona, tuttavia per una persona potresti anche essere il mondo.

Il mio amico, per molti versi, era proprio come te e me. Ognuno di noi ha sola una vita da vivere. Ma se la viviamo bene, una vita è più che sufficiente. E se viviamo per Dio, allora, potremmo toccare il mondo intero.

La vita del mio amico cambiò il mondo? Io so già come rispondere perché sono tra quelli che ha raggiunto molti anni fa. Ma che ne dici se ti racconto la sua storia e, alla fine, sarai tu a decidere se la sua vita ha marcato o meno la differenza? E magari, quando avremo finito, capirai che anche la *tua* vita può fare la differenza.

Ah, a proposito, non ti ho ancora svelato il suo nome, quest'uomo è stato un grande santo, un grande credente nel Dio che lo creò e lo sostenne e con il quale ora vive per sempre. Il suo nome è Nicola e questa è la sua storia.

CAPITOLO 1

Nicola viveva in un mondo ideale. O almeno era così che lo vedeva. Come un bambino di nove anni, cresciuto sulla costa settentrionale di quello che lui aveva soprannominato il Grande Mare – per noi il Mediterraneo - Nicola non riusciva a immaginare una vita migliore.

Spesso camminava per le strade con suo padre, facendo finta di dirigersi da qualche parte in particolare. La vera ragione delle sue passeggiate, tuttavia, era il desiderio di trovare un bisognoso, qualcuno a cui servisse un aiuto nella sua vita. Anche un semplice saluto poteva trasformarsi, delle volte, nella scoperta di un bisogno da soddisfare. Nicola e suo padre pregavano e se potevano soddisfare quell'esigenza, trovavano il modo di farlo.

Nicola non aveva idea delle volte in cui suo padre si avvicinava di nascosto a qualcuno e gli metteva nel sacco qualche mela, una o due monete. Per quel che ne sapeva Nicola, nessuno si rendeva conto di ciò che faceva suo padre e a volte sentiva le persone raccontare del miracolo di aver ricevuto quello di cui avevano bisogno, al momento giusto, in modo inaspettato.

Nicola amava passeggiare con suo padre, proprio come amava il tempo trascorso a casa con sua madre. Con lui i suoi genitori dimostravano lo stesso amore e la stessa generosità che manifestavano anche nei confronti di moltissime altre persone.

Sebbene i tempi turbolenti, in cui vivevano erano riusciti ad arricchirsi. In effetti, erano piuttosto abbienti. Tuttavia l'essere ricchi o poveri non sembrava fare alcuna differenza per Nicola. Tutto ciò che sapeva e che gli interessava era che i suoi genitori lo amavano più di chiunque altro al mondo. Era il loro unico figlio e il tempo con loro era semplice e gioioso.

I momenti più intensi arrivavano la notte, quando si raccontavano le storie, che avevano sentito, di un Uomo senza eguali. Un Uomo che aveva vissuto dall'altra parte del Grande Mare, circa duecentottant'anni prima. Il suo nome era Gesù. Nicola era affascinato dalle storie di quest'Uomo, così prezioso agli occhi dei suoi genitori. Gesù gli sembrava umile e straordinario, al contempo. Com'era possibile che una persona incarnasse entrambe queste caratteristiche? Come poteva essere così povero e nascere in una stalla e al tempo stesso così generoso da sfamare cinque mila persone? Com'era riuscito a vivere così pienamente, per poi morire in un modo tanto crudele? Gesù era, per Nicola, un enigma, la persona più affascinante di cui avesse mai sentito parlare. Un giorno, pensava Nicola, sperava di poter far visita a quella terra dall'altra parte del mare - e di camminare dove aveva camminato Gesù.

Nonostante tutto l'amore che Nicola e i suoi genitori condividevano e che li teneva uniti, c'era qualcosa che minacciava di separarli. Era qualcosa che sembrava minacciare molte famiglie del loro Paese in quel periodo, a prescindere dalla ricchezza o dalla povertà, dalla fede o dalla mancanza di fede, dall'amore per gli altri o dalla sua assenza.

Gli amici e i vicini di Nicola la chiamavano "la peste". I suoi genitori l'avevano menzionata di tanto in tanto, ma solo nelle preghiere. Pregavano per le famiglie colpite dalla *peste*, chiedendo a Dio di guarire, dove possibile, e di rafforzare la fede dove non lo fosse. Soprattutto, i suoi genitori pregavano affinché Nicola, indipendentemente dalle circostanze, avesse sempre ben chiaro quanto loro lo amavano e quanto Dio lo amasse.

Sebbene Nicola fosse così giovane, aveva vissuto a sufficienza per sapere che nel mondo esistevano vere e proprie minacce. Inoltre, per un certo verso, lui era stato protetto da quelle minacce, grazie all'amore dei genitori e alla loro fede devota in Dio. Come suo padre aveva imparato nel corso degli anni, e gli aveva ricordato molte volte: «In *tutte* le cose, Nicola, Dio opera per il bene di coloro che lo amano». E il ragazzo gli credette. Fino ad allora, non aveva avuto alcun motivo di dubitare delle parole di suo padre.

Tuttavia era solo questione di qualche mese e la sua fede sarebbe stata messa alla prova, trovandosi a dover decidere da solo, se credere davvero a quelle parole - che Dio operasse in tutte le cose per il bene di coloro che lo amano.

Stasera, però, si fidò delle parole del padre e mentre ascoltava i suoi genitori pregare per lui - e per tutti quelli della sua città – si abbandonò in un sonno profondo.

CAPITOLO 2

Nicola si svegliò sentendo il cinguettio degli uccelli fuori dalla finestra. L'aria era fresca, lavata dalla foschia mattutina del mare.

Le notizie però erano meno idilliache. Un amico della sua famiglia aveva contratto la malattia di cui avevano sentito parlare solo da persone di altre città. Il bambino stava per morire.

Il padre di Nicola aveva ricevuto per primo la notizia ed era andato a pregare per lui. Una volta a casa, proprio mentre Nicola si svegliava, il padre diede la notizia alla moglie e al figlio.

«Dobbiamo pregare», disse senza alcun accenno di panico nella voce, ma con un'urgenza inconfondibile che fece scivolare tutti e tre in ginocchio.

Il padre di Nicola iniziò la preghiera: «Padre, Tu conosci i piani che hai per questo bambino. Confidiamo che Tu li porti a termine. Preghiamo per la sua guarigione, poiché amiamo questo bimbo, ma sappiamo che Tu lo ami ancora più di noi. Confidiamo che, nel momento in cui lo affidiamo alle tue mani stamattina, Tu farai in modo che *tutte* le cose vadano bene, come fai sempre per coloro che ti amano».

Era una preghiera che Nicola aveva sentito recitare da suo padre molte volte in precedenza, in cui chiedeva ciò che fosse meglio per loro in ogni situazione, ma confidando, alla fine, che Dio conoscesse la cosa migliore. Era lo stesso tipo di preghiera che Nicola aveva sentito recitare a Gesù la notte prima di morire: «Padre mio, se non è possibile», pregava, «che questo calice si allontani da me senza che io lo beva sia fatta la tua volontà!».

Nicola non sapeva proprio cosa pensare di quella preghiera. Dio non vuole sempre il meglio per noi? E come, allora, la morte di qualcuno poteva essere una cosa buona? Eppure suo padre recitava quella preghiera così spesso e con tanta sincerità di cuore che Nicola era sicuro fosse la cosa giusta da fare. Ma come poteva Dio rispondere in un modo diverso se non guarendo quel bambino - e comunque farlo per il bene - rimaneva un mistero.

Dopo che la madre di Nicola aggiunse la sua supplica e lo fece anche Nicola, il padre concluse ringraziando Dio per aver ascoltato e per aver già risposto alle loro preghiere.

Erano ancora in piedi, quando giunse alla loro porta la notizia come risposta diretta alle loro preghiere. Non era, però, quello che avevano sperato. Il bambino era morto.

La madre di Nicola iniziò a piangere in silenzio, senza trattenere le lacrime. Piangeva al pensiero di quello che provava l'altra madre, sentendo la sua perdita come propria.

Il padre di Nicola le prese la mano e abbracciò il figlio, pronunciando una preghiera silenziosa per la famiglia del ragazzino morto e aggiungendone un'altra per la sua. Poi diede un ultimo abbraccio a entrambi e uscì dalla porta per recarsi a casa dell'altro bambino.

CAPITOLO 3

La morte del bambino aveva colpito l'intera città. La gente conosceva il ragazzino, naturalmente, ed era triste per la famiglia.

La sua morte, però, fu ancora più sconfortante perché non si trattava di un evento isolato. La gente era a conoscenza di come la malattia si diffondesse nelle città circostanti, portandosi con sé non solo una o due vite qua e là, ma colpendo famiglie intere, quartieri interi. La morte di quel bambino sembrava indicare che la peste era giunta anche nella loro città.

Nessuno sapeva come fermarla. Tutto ciò che potevano fare era pregare. E si misero a pregare.

Quando la malattia cominciò a diffondersi, i genitori di Nicola si recarono in visita presso le case di coloro che stavano per morire. Sebbene il denaro dei suoi genitori non avesse alcun potere nell'offrire sollievo alle famiglie, le loro preghiere, invece, riuscivano a donare quella pace che nessuna somma di denaro era in grado di dare.

Come sempre, il padre di Nicola pregava che la morte non li toccasse, come era successo con gli israeliti in Egitto, quando la piaga della morte aveva colpito la vita dei primogeniti di ogni famiglia che non era disposta a onorare Dio. Tuttavia quella malattia era diversa. Non faceva distinzione tra credenti e non credenti, primogeniti o ultimi nati, o qualsiasi altro fattore apparente. Quella malattia sembrava non conoscere limiti, sembrava del tutto inarrestabile.

Eppure Nicola osservava il padre pregare con fede, credendo che Dio potesse fermare la peste in qualsiasi momento, in qualsiasi casa, e confidando che Dio avrebbe risolto tutto per il meglio, anche se le loro vite fossero state apparentemente stroncate.

Queste ultime preghiere erano quelle a cui tutti si aggrappavano maggiormente. Più di ogni altra cosa, quelle parole davano loro speranza: speranza che le loro vite non fossero state vissute invano, speranza che le loro morti non passassero inosservate al Dio che li aveva creati.

Le visite che facevano il padre e la madre di Nicola erano di grande aiuto per coloro che stavano affrontando un dolore insostenibile, infatti con il diffondersi della peste sempre meno persone erano disposte a uscire dalle proprie abitazioni e ancora meno erano disposte a fare visita a quelle case raggiunte dalla malattia. Le preghiere del padre di Nicola e le lacrime di sua madre, davano alle famiglie la forza necessaria di affrontare qualsiasi cosa si presentasse.

Nicola osservava meravigliato come i suoi genitori distribuivano i loro doni di misericordia durante il giorno, per poi tornare a casa ogni sera fisicamente spossati, ma spiritualmente rafforzati. Si chiedeva dove trovassero la forza. Ma si domandava anche per quanto tempo ancora la sua famiglia sarebbe rimasta indenne da questa piaga.

Quando Nicola trovò finalmente il coraggio di formulare ad alta voce questa domanda, che sembrava stare a cuore a tutti, il padre rispose semplicemente che avevano due opzioni: vivere nel timore oppure vivere nell'amore, seguendo l'esempio di Colui al quale avevano affidato la loro vita. Scelsero di vivere nell'amore, facendo per gli altri ciò che avrebbero voluto che gli altri facessero per loro.

Così ogni mattina il padre e la madre di Nicola si svegliavano, pregavano e chiedevano al loro Signore cosa volesse che facessero. Poi, mettendo da parte ogni timore, riponevano la loro fiducia in Dio, e trascorrevano la giornata come se fossero al servizio di Cristo stesso.

Sebbene la risposta del padre non rispondesse nell'immediato alla domanda che Nicola aveva nel cuore - quanto tempo sarebbe passato prima che la malattia avesse bussato alla loro porta - sembrava però risolvere un quesito molto più profondo.

Rispondeva alla domanda se Dio fosse o meno a conoscenza di tutto ciò che stava accadendo e, in caso affermativo, se gli fosse importato, o non abbastanza, da fare qualcosa al riguardo.

Attraverso il modo in cui Dio guidava ogni giorno i suoi genitori, Nicola si rasserenò comprendendo che Dio era del tutto consapevole di ciò che accadeva nella vita di ogni abitante di Patara e che Lui se ne preoccupava davvero. A Dio importava così tanto, da mandare i genitori di Nicola da coloro che avevano bisogno di ascoltare una Sua parola, di toccare le Sue mani, di un contatto con Dio non solo nel corpo, ma anche nella loro anima.

A Nicola sembrò che la risposta ottenuta fosse più gloriosa di quanto avesse potuto immaginare. La sua preoccupazione di sapere quando la malattia avrebbe potuto bussare alla loro porta si dissipò il momento in cui andò a dormire quella stessa notte. Pregò che Dio usasse le sue mani e le sue parole - le mani e le parole di Nicola - come fossero le Sue, per esprimere l'amore di Dio verso il Suo popolo.

CAPITOLO 4

Nei giorni a venire, Nicola si trovò a voler aiutare sempre di più suo padre e sua madre nel portare la misericordia di Dio a coloro che li circondavano.

Lavoravano insieme per portare cibo, conforto e amore a ogni famiglia colpita dalla peste. Alcuni giorni era semplice fermarsi per far sapere a una madre che non era sola. Altri bisognava portare cibo o bevande a un'intera famiglia che si era ammalata. E altri giorni ancora, era necessario preparare un luogo sulle colline che circondavano la città dove deporre con cura i corpi di coloro che avevano ceduto alla malattia e i cui spiriti erano passati da questa, all'altra vita.

Ogni giorno il cuore di Nicola era sempre più consapevole della natura temporale della vita terrena e sempre più in sintonia con la natura eterna della vita invisibile. A Nicola sembrava che il confine tra i due mondi diventasse sempre meno netto. Ciò che un tempo aveva considerato solido e reale, come le rocce e gli alberi, o le mani e i piedi, assunse presto una natura più eterea. E le cose che prima erano più difficili da toccare, come la fede e la speranza, l'amore e la pace, cominciarono a diventare più solide e reali.

Era come se il suo mondo si stesse capovolgendo dentro di lui in una sola volta, non con una torsione straziante, ma come se i suoi occhi fossero stati ricalibrati, e si fossero adattati meglio, vedendo con maggiore chiarezza ciò che succedeva, e riuscendo a concentrarsi più nitidamente su ciò che contava davvero nella vita. Nonostante fosse circondato da morte e malattia, Nicola si sentiva più vivo di quanto si fosse mai sentito prima.

Suo padre cercò di descrivere ciò che Nicola provava usando le parole che aveva pronunciato Gesù, ovvero che chiunque avesse desiderato di salvare la propria vita, l'avrebbe persa e chi avesse perso la sua vita, l'avrebbe invece salvata. Imparando ad amare il prossimo senza essere condizionato dalla paura, e perseverando con amore, Nicola stava iniziando a sperimentare cosa significasse veramente vivere.

Se quel sentimento lo avrebbe sostenuto in ciò che lo aspettava, non lo sapeva. Quel che invece sapeva era che, per il momento, desiderava più di ogni altra cosa vivere ogni giorno al massimo. Voleva svegliarsi la mattina cercando di capire come Dio potesse usarlo, e poi fare tutto ciò che Dio era disposto ad affidargli. Fare qualcosa in meno, avrebbe significato privarsi di vivere la vita che Dio gli aveva affidato e perdere l'opera che Dio intendeva compiere.

Con il passare dei giorni, Nicola comprese ciò che suo padre e sua madre già sapevano: che nessuno conosce quanti giorni gli restano su questa terra. I suoi genitori non si consideravano più esseri umani che sperimentavano una temporanea esperienza spirituale, ma come esseri spirituali che vivevano una temporanea esperienza umana. Con occhi di fede, erano in grado di guardare qualsiasi cosa si presentasse loro davanti, senza la paura che attanagliava molti altri intorno a loro.

CAPITOLO 5

Il giorno in cui Nicola si svegliò sentendo la madre tossire, fu come se il tempo si fosse fermato. Sebbene tutta la preparazione data dai suoi genitori e dalla sua stessa fede, il pensiero che la malattia avesse varcato la soglia di casa sua lo colse comunque alla sprovvista.

Pensava che, forse, Dio li avrebbe risparmiati per tutta la gentilezza mostrata al prossimo nei mesi precedenti. Ma suo padre lo aveva messo in guardia da questo pensiero, ricordandogli che nonostante il bene che Gesù avesse fatto nella Sua vita - nonostante le guarigioni concesse – sarebbe arrivato comunque il momento in cui anche Lui, in un certo qual modo, avrebbe dovuto affrontare la sofferenza e la morte. Eppure questo non significava che Dio non amasse Gesù, o che non fosse preoccupato per Lui, o che non avesse visto tutto il bene che aveva compiuto. E nemmeno significava che Gesù sarebbe rimasto indifferente a ciò che stava per succedere. Ai suoi discepoli disse persino che il suo cuore era profondamente turbato da ciò che stava per accadere, ma con questo non si sarebbe tirato indietro di fronte a quello che lo attendeva. No, ribadì, era proprio per quello che Egli era venuto. Un amore più grande, disse ai suoi discepoli, non esiste: dare la propria vita per i propri amici.

La madre di Nicola tossì di nuovo e il tempo ricominciò a muoversi per Nicola, lento. Si alzò in piedi. Quando si avvicinò alla madre, lei esitò. Era combattuta tra il desiderio di fermarlo, in modo che il figlio non si avvicinasse nemmeno di un passo alla malattia che ormai aveva raggiunto il corpo della donna, e il desiderio di alzarsi anche lei e gettargli le braccia al collo, assicurandogli che tutto sarebbe andato bene. Un attimo dopo, però, Nicola rese superflua la sua decisione, perché era già tra le sue braccia, stringendola il più possibile per poi scoppiare entrambi in lacrime. Come Nicola stava imparando, avere fede non voleva dire che non si potesse piangere. Anzi, ci si può fidare di Dio, anche con le lacrime.

Il padre di Nicola aveva già pianto quella mattina. Era uscito prima dell'alba, questa volta non per visitare le case degli altri, ma per pregare. Per lui, il luogo in cui si recava sempre quando aveva bisogno di stare da solo con Dio era la riva del mare, non lontano da casa loro. Sebbene sapesse di poter pregare ovunque e in qualsiasi momento, era al mare che si sentiva più vicino a Dio. Il suono delle onde che si infrangevano ritmicamente sulla riva, sembrava avere un effetto calmante e ipnotizzante.

Era arrivato giusto in tempo per osservare l'alba alla sua sinistra, guardando la costa del Grande Mare. Quante albe aveva visto da quel punto? E quante altre gliene sarebbero rimaste da vedere? Girò la testa e tossì, lasciando che la domanda rotolasse verso il mare con l'onda successiva che si ritirava. La malattia aveva colpito anche lui.

Non era la prima volta che si chiedeva quanto gli rimanesse ancora da vivere. La differenza, questa volta, era che in passato se lo era sempre chiesto in modo ipotetico. Si recava in quel luogo ogni volta che doveva prendere una decisione importante, una decisione che richiedesse di pensare oltre il breve termine. Veniva qui quando aveva bisogno di guardare all'eternità, considerando la brevità della vita. Qui, in riva al mare, era come se potesse cogliere la fugacità della vita e l'eternità del cielo allo stesso tempo.

Il quotidiano sorgere del sole, la cresta delle onde e il loro infrangersi sulla riva gli ricordavano che Dio aveva ancora il controllo, che il Suo mondo sarebbe andato avanti, con o senza di lui, proprio come era successo quando Dio aveva creato l'acqua e la terra, e sarebbe continuato finché Dio non avesse deciso di porvi fine, per preparare un nuovo cielo e una nuova terra. Rispetto all'eternità, il tempo della terra sembrava incredibilmente breve e quello dell'uomo ancora di più. In quell'arco di vita, così rapido, era consapevole di dover trarre il massimo da ogni giorno, non solo per se stesso o per gli altri, ma soprattutto per il Dio che gli aveva dato la vita. Se Dio, il Creatore di tutte le cose, aveva ritenuto opportuno mettere in lui il soffio di vita, allora fino al suo ultimo giorno ne avrebbe tratto il massimo.

Tossendo di nuovo, il padre di Nicola comprese che non si trattava di un mero esercizio intellettuale per aiutarlo a prendere una decisione complicata. Stavolta, mentre guardava ancora l'alba e un'altra onda che si avvicinava, si rese conto che quella era la prova finale di tutto ciò che aveva creduto fino a quel momento.

Alcune prove della vita le aveva superate con successo. Altre le aveva fallite quando la paura o i dubbi avevano preso il sopravvento. Ma questa era una prova che sapeva di voler superare più di ogni altra.

Chiuse gli occhi e chiese la forza di affrontare un altro giorno. Lasciò che il sole gli scaldasse il viso, e aprì delicatamente i palmi delle mani per sentire la brezza che si alzava lungo la riva e gli accarezzava il corpo. Aprì gli occhi e guardò ancora una volta il mare.

Poi si voltò e si incamminò verso casa, dove presto avrebbe raggiunto la sua preziosa moglie e il suo amato figlio per un lungo e lacerante abbraccio.

PARTE 2

CAPITOLO 6

Nicola era solo. Si trovava sulla stessa parte di spiaggia in cui, solo dieci anni prima, il padre si era fermato ad ammirare l'alba e le onde in riva al mare. Suo padre non ebbe più occasioni di guardare il Grande Mare perché alla fine la malattia lo vinse. La madre di Nicola fu la prima a morire, nelle due settimane successive ai primi sintomi della malattia. Il padre, invece, visse altri tre giorni in seguito alla morte della moglie, come per accertarsi che fosse passata da questa, all'altra vita in maniera serena e per assicurarsi che Nicola fosse davvero pronto a muovere i prossimi passi nella sua vita in autonomia.

Il padre di Nicola non era tipo da sottrarsi alle lacrime, ma non voleva nemmeno sprecarle con emozioni sbagliate. «Non piangere perché è finita» aveva detto alla moglie e al figlio. «Sorridi piuttosto, perché è stato bello».

C'era un tempo e un luogo per la rabbia e la delusione, ma quello non era il momento per nessuna delle due. Se i genitori di Nicola avessero avuto la possibilità di rifare tutto da capo, avrebbero scelto di fare esattamente quello che avevano fatto. Non era una follia, dicevano, essere disposti a rischiare la propria vita per il bene degli altri, soprattutto quando non c'erano garanzie di sopravvivere.

Alla fine, la peste si portò via quasi un terzo della popolazione di Patara prima di fare il suo corso. La malattia sembrava avere una mente propria, colpiva sia coloro che cercavano di proteggersi da essa, sia coloro che, come i suoi genitori, si erano avventurati in mezzo ad essa. Dopo la morte di sua madre e di suo padre, Nicola sentì una rinnovata urgenza di riprendere il cammino da dove si erano fermati, visitando malati e confortando le famiglie di coloro che erano morti.

Poi, quasi all'improvviso, la peste se ne andò. Nicola aveva trascorso la maggior parte delle settimane seguenti a dormire, provando a riprendersi dalle lunghe giornate e dalle notti ancora più lunghe passate a prestare servizio a coloro che erano stati colpiti dalla malattia. Quando era sveglio, trascorreva il suo tempo a elaborare i propri sentimenti ed emozioni alla luce della perdita della sua amata famiglia. Per certi versi, i suoi genitori erano la sua vita e quando gli vennero portati via all'improvviso, non seppe cosa fare senza di loro. Andò a vivere con suo zio, un sacerdote che viveva nel monastero di Patara, fino a quando non fu pronto per avventurarsi da solo nel mondo. Era giunto il momento per Nicola di prendere una decisione.

A differenza di molti altri diventati orfani a causa della peste, Nicola era stato lasciato con un'eredità considerevole. La domanda non era che cosa avrebbe fatto per guadagnarsi da vivere, ma cosa avrebbe fatto per costruirsi una vita. Attraverso il suo vissuto e, ora, riconoscendo la brevità della vita, Nicola aveva capito perché suo padre si recava così spesso su quella riva a pregare. Ora era arrivato per Nicola il tempo di considerare il proprio futuro alla luce dell'eternità.

Che cosa devo fare? Dove devo andare? Come trascorrerò il resto dei miei giorni? Le domande avrebbero potuto sopraffarlo, se non fosse stato che il padre lo aveva preparato bene anche per momenti simili.

Suo papà, che era sempre stato uno studioso delle Scritture e della vita di Cristo, gli aveva detto che Gesù insegnava di non preoccuparci delle difficoltà lungo il cammino, ma solo di quelle di quel giorno. Basta a ciascun giorno il suo affanno, diceva Gesù.

Al pensare a questo, il fardello di Nicola si alleggerì. Non doveva più preoccuparsi di cosa avrebbe fatto per il resto della sua vita. Doveva solo decidere il suo prossimo passo.

Aveva abbastanza denaro da viaggiare tre volte per l'intero globo in lungo e in largo e gliene sarebbe rimasto ancora per vivere gli anni a venire. Ma non era quello che voleva fare. Non aveva mai avuto il desiderio di vivere in modo sfrenato o sfarzoso, infatti la vita conosciuta fino a quel momento gli dava già enormi soddisfazioni. Ma c'era un posto che aveva sempre voluto vedere di persona.

Mentre guardava il mare, a sud e a ovest, sapeva che da qualche parte là in mezzo si trovava il luogo che più desiderava visitare, una terra che nella sua mente sembrava più preziosa di qualsiasi altra. Era la terra in cui Gesù aveva vissuto, la terra in cui aveva camminato e insegnato, la terra in cui era nato e morto, e la terra che aveva fatto da sfondo a molte delle storie della sua vita e quasi alla totalità delle Scritture.

Nicola sapeva che nella vita alcune decisioni si potevano prendere solo attraverso il sudore e l'agonia della preghiera, cercando disperatamente di scegliere tra due strade apparentemente buone, ma che si escludono l'un l'altra. Ma questa decisione non rientrava in nessuna di queste. Era una di quelle scelte che, per la natura delle circostanze, era assolutamente semplice da fare. A parte lo zio, c'era poco altro che lo tratteneva a Patara e nulla gli impediva di seguire il desiderio che aveva nel cuore da tanto tempo.

Era contento che suo padre gli avesse mostrato questo luogo, ed era contento di esserci tornato di nuovo oggi. Sapeva esattamente cosa avrebbe fatto dopo. La decisione era limpida come l'acqua davanti a lui.

CAPITOLO 7

L'arrivo di Nicola sulle rive lontane del Grande Mare avvenne prima di quanto potesse immaginare. Per molto tempo si era chiesto come sarebbe stato camminare dove aveva camminato Gesù e ora, all'età di 19 anni, era lì, finalmente.

Trovare un'imbarcazione per arrivarci non era stato un problema, infatti la sua città natale, Patara, era uno degli scali principali per le navi che viaggiavano dall'Egitto a Roma, trasportando persone e merci. Per prenotare il passaggio era sufficiente mostrare di avere il denaro per il viaggio, cosa che Nicola aveva.

Ma ora che era arrivato, dove sarebbe andato prima? Voleva vedere tutto in una volta sola, ma era impossibile. Uno strattone alla manica gli fornì la risposta. «Sei cristiano?», chiese la vocina.

Nicola abbassò lo sguardo e vide un bambino di non più di dieci anni che lo guardava. Lì vicino, altri due bambini ridacchiavano. Porre questa domanda in modo così diretto, quando era pericoloso in generale farla, dimostrava che il ragazzino era un sincero seguace di Cristo in cerca di un credente, oppure dimostrava che aveva qualcos'altro in mente. Dalle risatine dei suoi amichetti vicini, un maschio e una femmina poco più piccoli di lui, Nicola comprese che probabilmente si trattava della seconda ipotesi.

«Sei cristiano?», chiese ancora il ragazzino. «Ti faccio vedere i luoghi sacri?».

Ah, ecco, pensò Nicola. Era evidente che nel corso degli anni si erano recati lì molti pellegrini e anche gli abitanti più giovani sapevano che, una volta arrivati, avrebbero avuto bisogno di una guida.

Esaminando di nuovo i tre bambini, Nicola pensò che avrebbero fatto al caso suo. Aveva un cuore fiducioso e, sebbene non fosse così sprovveduto da pensare che i guai non l'avrebbero mai raggiunto, confidava anche che lo stesso Dio che lo aveva condotto qui, gli avrebbe dato l'aiuto di cui aveva bisogno una volta arrivato. Anche se questi bambini lo facevano solo per denaro, a Nicola andava bene così. Soldi ne aveva. Una mappa no. Li avrebbe assunti volentieri per essere le sue mappe viventi attraverso i luoghi sacri.

«Sì, e sì», rispose Nicola. «Sì, sono davvero un cristiano. E se volessi portarmi con te, allora sì, sarei molto interessato a vedere i luoghi sacri. Mi piacerebbe che anche i tuoi amici si unissero a noi.

In questo modo, se dovessimo mai incontrare qualche problema, potrebbero difenderci!».

Il bambino rimase a bocca aperta e i suoi amici ridacchiarono di nuovo. Non era affatto la risposta che si aspettava, almeno non così in fretta e non senza una grande opera di sollecitazione da parte sua. I pellegrini di solito erano molto più scettici, scendendo dalle imbarcazioni scacciavano via chiunque si avvicinasse, almeno fino a quando non riacquistavano l'equilibrio e il loro senso dell'orientamento. Tuttavia il ragazzino si riprese subito dallo shock e allungò immediatamente la mano destra davanti a sé, con il palmo alzato e facendo un leggero inchino con la testa. Ciò diede a Nicola la sottile impressione che il ragazzino fosse al suo servizio, e la non tanto sottile impressione che fosse pronto a ricevere qualcosa nel palmo aperto. Nicola, vedendo un'altra occasione di prendere in contropiede il bambino, lo accontentò volentieri.

Delicatamente mise tre delle sue monete più piccole, ma più luccicanti, nel palmo alzato del ragazzino e disse: «Il mio nome è Nicola. E vedo che sei un uomo saggio. Ora, se sei in grado di mantenere la mano aperta anche dopo che ti ho messo le monete, sarai ancora più saggio. Infatti, chi stringe forte il pugno intorno a ciò che ha ricevuto, avrà difficoltà a ricevere di più. Invece colui che apre liberamente la mano al cielo - dando nello stesso modo in cui ha ricevuto e quindi liberamente, scoprirà che suo Padre nei cieli, di solito, non esiterà a dargli di più».

Nicola fece poi un cenno con la mano per far capire al ragazzino di condividere ciò che aveva ricevuto con i suoi amici, che si erano avvicinati all'apparizione delle monete. Il bambino ovviamente era il portavoce di tutti e tre, ma per un attimo esitò sul da farsi. Quell'uomo era così diverso da quelli a cui si era avvicinato prima. Con gli altri, lui cercava sempre, di solito senza successo, di estrarre dalle loro tasche anche una sola moneta, ma qui gliene erano state date tre al primo tentativo! Il fatto che le monete non gli erano state offerte a malincuore, ma con gioia, lo mise in crisi. Non aveva mai sentito un'idea come quella di tenere le mani aperte per dare *e* ricevere. Il suo istinto sarebbe stato quello di stringere subito il pugno intorno alle monete e tenerlo così, fino a quando non fosse arrivato nel posto più sicuro che poteva trovare, e solo allora ispezionare le monete attentamente, lasciandosi abbagliare dal loro luccichio. Eppure rimase immobile, con la mano ancora tesa e il palmo rivolto verso l'alto. Quasi contro la sua stessa volontà, si ritrovò a voltarsi leggermente e a tendere la mano ai suoi amici.

Approfittando di quel momento gli altri due gli strapparono rapidi ciascuno una moneta dalla mano. In un istante, dopo aver capito che anche loro stavano per stringere i pugni intorno a quel tesoro, aprirono lentamente le dita, guardando il pellegrino appena arrivato con un senso di smarrimento. Erano sconcertati non solo dal fatto che avesse dato loro le monete, ma che fossero ancora lì con i palmi aperti, sorprendendosi di seguire il bizzarro consiglio di quell'uomo.

Al vedere la scena Nicola scoppiò in una graziosa risata. Era deliziato dalla loro reazione, così depositò veloce altre due delle sue monete più piccole in ciascuna delle loro mani, triplicando così il loro stupore. Non era l'ammontare dei doni a stupirli, perché avevano visto mance più cospicue da parte di pellegrini più ricchi, ma fu lo spirito generoso e allegro che accompagnava quella donazione la vera sorpresa.

L'intera vicenda si svolse in meno di un minuto, ma fece in modo che Nicola e i suoi nuovi amici non vedessero l'ora di affrontare il viaggio.

«Ora, è meglio che chiudiate di nuovo il pugno, perché un uomo saggio - o una donna saggia», fece un cenno alla bambina: «si prende cura anche di quello che gli è stato dato, in modo che non gli venga preso o rubato».

Poi, voltandosi in direzione della città disse: «Che ne dite di concedermi un po' di riposo stanotte e poi, come prima cosa domattina, cominciare a mostrarmi quei luoghi sacri?».

Sebbene questa terra santa contasse numerosi luoghi sacri, nei momenti magici appena trascorsi, ai tre bambini - e allo stesso Nicola – parve di aver appena messo piede nel primo di quei posti.

CAPITOLO 8

Nicola si svegliò con il sole la mattina seguente. Aveva chiesto ai bambini di raggiungerlo alla locanda poco dopo l'alba. Il suo cuore batteva forte per l'eccitazione della giornata che lo attendeva. In pochi minuti sentì bussare alla porta e le loro inconfondibili risatine.

Scoprì che i loro nomi erano Demetrio, Samuele e Rut. Erano, in altre parole "trovatelli", bambini i cui genitori li avevano lasciati a cavarsela da soli fin dalla nascita. Orfani come loro costellavano le strade di tutto l'Impero Romano, figli di persone che assecondavano le loro passioni, ovunque e con chiunque, non curanti delle conseguenze delle loro azioni.

Demetrio avrebbe potuto autocommiserarsi per la sua situazione, ma non lo fece. Si era reso conto già da piccolo che non sarebbe valso a nulla frustrarsi e arrabbiarsi per quelle circostanze. Fu così che divenne un imprenditore.

Cominciò a escogitare il modo di aiutare le persone a fare quello di cui avevano bisogno, soprattutto ciò che non erano in grado o non potevano o non volevano fare da sole. Non veniva spesso ricompensato per i suoi sforzi, ma quando accadeva, ne valeva la pena.

Non lo faceva per motivi religiosi, anche perché non era religioso, ma nemmeno per avidità, infatti non faceva mai nulla che non gli sembrasse giusto esclusivamente per i soldi, come invece spesso fanno le persone avide, il cui interesse è solo il denaro. Credeva semplicemente che se avesse fatto qualcosa che gli altri apprezzavano, e se lo avesse fatto bene e nei giusti tempi, allora in qualche modo avrebbe avuto successo nella vita. Alcune persone, come Demetrio, inciampano nella saggezza divina senza nemmeno rendersene conto.

Samuele e Rut, invece, lo seguivano solo per vedere quale vantaggio avrebbe portato loro. Come le api con il miele, Samuele e Rut furono attratti da Demetrio, come spesso accade quando si trova qualcuno che cerca di fare del bene. Samuele aveva otto anni e, come Demetrio, non era religioso, ma aveva scelto il suo nome dopo aver sentito la storia di un altro bambino di nome Samuele che, giovanissimo, era stato dato via dai genitori per essere allevato da un sacerdote. Samuele, quello di oggi, amava sentir raccontare di ciò che il Samuele di un tempo aveva fatto, anche se l'altro era vissuto più di 1.000 anni prima. Il nuovo Samuele non sapeva se le storie sul vecchio fossero vere, ma al momento di scegliere il suo nome, non gli importò molto. Fu solo nel corso degli ultimi mesi, viaggiando nei luoghi sacri con Demetrio, che iniziò a chiedersi se quelle storie fossero davvero reali.

Ora, Rut nonostante avesse solo sette anni, era molto acuta. Si ricordava sempre dei nomi delle persone e delle date, cosa era successo, quando e chi aveva fatto cosa e a chi. Le risatine erano il suo marchio di fabbrica, ma per quanto piccola, la sua mente era desiderosa di imparare e ricordava tutto ciò che vedeva e che le veniva insegnato. Le domande le riempivano la mente e, in modo del tutto spontaneo, le uscivano dalla bocca.

A Demetrio non dispiacevano i suoi piccoli accompagnatori, perché, anche se sarebbe stato molto più facile fare ciò che faceva da solo, conosceva bene i pericoli della strada e si sentiva in dovere di aiutare quei bambini, come un fratello maggiore avrebbe aiutato i suoi fratelli più piccoli. E a essere del tutto onesti, non aveva nessun altro da chiamare famiglia, quindi aver trovato questi due qualche anno prima aveva riempito una parte del suo cuore in un modo che non riusciva a descrivere, ma che, non si sa come, lo faceva sentire meglio.

Nicola scorse i tre volti raggianti alla sua porta. «Dove andiamo prima?» chiese Demetrio.

«Cominciamo dall'inizio», disse Nicola: «il luogo dove è nato Gesù». E iniziarono così, tre giorni di cammino dalla costa di Ioppe alle colline di Betlemme.

CAPITOLO 9

Dopo due giorni in cui camminarono e dormirono sulle colline, a Nicola e ai suoi nuovi amici mancava solo mezza giornata prima di raggiungere Betlemme. Per lui, l'eccitazione cresceva ad ogni collina che superavano, mentre si avvicinava sempre di più al luogo sacro che desiderava vedere maggiormente, il luogo in cui era nato Gesù.

«Perché pensi che l'abbia fatto?» chiese Demetrio. «Voglio dire, perché Gesù avrebbe voluto venire qui sulla terra? Se fossi già in cielo, credo che vorrei rimanere lì».

Sebbene Demetrio fosse la guida, non gli dispiaceva fare tutte le domande che poteva, soprattutto quando accompagnava qualcuno come Nicola, cosa che non accadeva molto spesso.

Anche a Nicola non dispiaceva che facesse domande, perché a casa sua aveva fatto la stessa cosa. I suoi genitori appartenevano a una comunità di credenti che era stata fondata circa 250 anni prima dall'apostolo Paolo stesso, quando quest'ultimo aveva visitato la vicina città di Myra durante uno dei suoi viaggi missionari, raccontando di Gesù a tutti coloro che lo ascoltavano. Paolo era vissuto nello stesso periodo di Gesù, anche se si convertì solo dopo la sua morte e risurrezione. Le storie di Paolo erano sempre straordinarie.

Nicola aveva avuto modo di ascoltare tutte le storie che Paolo aveva raccontato mentre si trovava a Myra, poiché erano state scritte e ripetute da altri nel corso degli anni.

Da bambino, Nicola pensava che tutto ciò che era accaduto 250 anni prima appartenesse alla storia antica. Ma quando cominciò a diventare un po' più grande, e ora che anche i suoi genitori erano morti, non gli sembrava affatto che fosse passato poi così tanto tempo. Le storie che Nicola ascoltava erano le stesse che suo padre, suo nonno e il suo bisnonno, per sei o sette generazioni, avevano ascoltato, alcune per la prima volta proprio dall'apostolo Paolo in persona. Nicola amava ascoltarle di continuo e poneva molte delle stesse domande che Demetrio gli faceva ora, come per esempio per quale motivo Gesù lasciò il cielo per scendere sulla terra di persona.

«La risposta semplice è perché ci ha amati» disse Nicola. «Ma di per se stessa, probabilmente non risponde alla domanda che ti stai ponendo, perché Dio ci ha *sempre* amati. Il motivo per cui Gesù è venuto sulla terra è stato, beh, perché ci sono cose che devono essere fatte di persona».

Nicola continuò a spiegare il Vangelo - la buona novella - ai bambini, di come Gesù fosse venuto e avesse pagato con la sua vita il prezzo più alto per tutto il male che abbiamo fatto, creando così un modo per tornare a Dio con un cuore pulito e vivere per sempre con Lui in cielo.

Per tutta la durata della storia, i bambini fissarono Nicola con attenzione. Sebbene fossero stati a Betlemme molte volte in passato e avessero spesso accompagnato le persone alla grotta, che era stata scavata nel pendio della collina, in cui si diceva fosse nato Gesù, non avevano mai immaginato che fosse andata così. Non avevano mai compreso le motivazioni del *perché* Dio aveva fatto quel che aveva fatto. E nemmeno avevano mai considerato che le storie che avevano ascoltato di Gesù, Dio in forma umana, fossero vere. Come avrebbe potuto esserlo?

Eppure, la spiegazione di Nicola aveva così tanto senso che si chiesero come mai non l'avessero mai considerata vera prima. In quei momenti finalmente, i loro cuori e le loro menti si aprirono perlomeno alla possibilità che quella storia fosse vera. E quella porta aperta si rivelò per ciascuno di loro un punto di svolta nella loro vita, proprio come lo era stato per Nicola, quando aveva sentito per la prima volta la Verità. Dio li amava davvero e aveva dimostrato questo amore per loro venendo sulla terra per salvarli da un'autodistruzione certa.

Quando Nicola sentì parlare per la prima volta dell'amore del Padre per lui, l'idea gli risultò abbastanza familiare, perché aveva già avuto un buon assaggio di come fosse l'amore di un padre, grazie all'amore del suo. Tuttavia per Demetrio, Samuele e Rut, che non avevano mai avuto un padre, tanto meno uno come quello appena descritto da Nicola, si trattava di una delle descrizioni dell'amore più lontanamente incomprensibili, e al tempo stesso meravigliosamente allettanti, che avessero mai sentito.

Mentre si incamminavano per le colline verso Betlemme, cominciarono a correre avanti con la stessa velocità con cui i loro cuori già correvano, sapendo che presto avrebbero rivisto il luogo in cui Dio, come uomo, aveva toccato per la prima volta la terra meno di 300 anni prima. Avrebbero presto calpestato un terreno che era davvero santo.

CAPITOLO 10

Era sera quando finalmente arrivarono a destinazione. Demetrio li condusse per la città di Betlemme fino al punto in cui generazioni di pellegrini erano giunte per vedere dove era nato Gesù: una piccola grotta scavata nel fianco della collina dove gli animali avrebbero potuto essere facilmente rinchiusi per evitare che si allontanassero.

Non c'erano cartelli che indicassero il luogo, né monumenti o edifici che specificassero che ci si trovava nel punto in cui il Dio dell'universo era arrivato da bambino. Nell'Impero Romano era ancora pericoloso dichiararsi cristiani, anche se le leggi che lo vietavano venivano applicate solo sporadicamente.

Tuttavia questo non impedì a coloro che seguivano veramente Cristo di continuare a onorare Colui che servivano come loro Re. Nonostante Gesù avesse insegnato che i suoi seguaci dovevano comunque rispettare i governanti terreni, se costretti a scegliere tra adorare Cristo o adorare Cesare, sia i cristiani, sia lo stesso Cesare sapevano chi avrebbero adorato i cristiani. Così l'ostilità proseguiva.

L'unica indicazione che si trattasse di un luogo sacro era il sentiero ben battuto su per la collina che portava all'entrata della grotta. Decine di migliaia di pellegrini si erano già recati in quel luogo negli ultimi 250 anni. Era noto a coloro che vivevano a Betlemme, poiché si trattava dello stesso punto mostrato ai pellegrini da una generazione all'altra, fin dai tempi di Cristo.

Mentre Demetrio guidava gli altri tre lungo la grotta, Nicola scoppiò a ridere, un po' tra sé e un po' ad alta voce. Gli altri, allora, si voltarono per vedere cosa lo avesse fatto ridere così all'improvviso. Ne era stupito lui stesso! Eccolo lì, era nell'unico luogo sacro che aveva desiderato vedere più di ogni altra cosa, e stava ridendo.

Nicola disse: «Stavo pensando ai Re Magi che vennero a Betlemme per vedere Gesù. Probabilmente sono saliti proprio su questa collina. Come dovevano apparire regali, in groppa ai loro cammelli e portando in dono l'oro, l'incenso e la mirra. Per un momento mi sono immaginato uno di quei re, in groppa a un cammello. Poi ho calpestato dello sterco di pecora sul ciglio della strada. L'odore mi ha riportato in un baleno alla realtà in cui non sono affatto reale!».

«Già», disse Rut: «ma non ci avevi detto che gli angeli parlarono per primi ai pastori, e che furono loro ad andare a vedere il bambino per primi? Quindi se puzzi un po' di sterco di pecora forse non ti farà sembrare un re, ma ti farà assomigliare a quelli che Dio ha guidato per *primi* alla mangiatoia!».

«Ben detto, Rut», disse Nicola. «Hai assolutamente ragione».

Rut sorrise per la sua intuizione, poi il suo sguardo divenne ancora pensieroso. «Ma forse dovremmo comunque portare con noi un regalo, come fecero i magi?». Quel pensiero sembrò prendere il sopravvento su di lei tanto da sembrare realmente preoccupata di non avere nulla da dare al Re. Lui non era più lì per ricevere doni, ovviamente, ma lei era comunque rimasta affascinata dalle storie su Gesù che Nicola aveva raccontato loro lungo il tragitto. Pensò che avrebbe potuto almeno portargli *qualcosina* in regalo.

«Guardate!» disse, indicando un punto della collina poco distante. Lasciò il sentiero e nel giro di pochi minuti tornò con quattro piccoli e delicati fiori dorati, uno per ciascuno di loro. «A me sembrano proprio d'oro!».

Sorrise da un orecchio all'altro, dando a ciascuno di loro un dono da portare a Gesù. Anche Nicola sorrise. *C'è sempre qualcosa da regalare*, pensò tra sé e sé. *Che sia l'oro di una miniera o l'oro di un fiore, noi portiamo comunque a Dio ciò che è già Suo, no?*

Così, con i loro doni in mano, raggiunsero l'ingresso della grotta e vi entrarono.

CAPITOLO 11

Nulla avrebbe potuto preparare Nicola alla forte emozione che lo travolse quando entrò nella grotta.

Per terra, davanti a lui, c'era una mangiatoia di legno improvvisata, una mangiatoia per animali, probabilmente molto simile a quella in cui era stato deposto Gesù la notte della sua nascita. Sembrava che fosse stata collocata lì come per ricordare ciò che era avvenuto. Tuttavia l'effetto che questo ebbe su Nicola fu profondo.

Un attimo prima stava ridendo di se stesso e guardando Rut che raccoglieva fiori sulla collina, l'attimo dopo, nel vedere la mangiatoia, si ritrovò in ginocchio, con un pianto incontrollato al pensiero di quello che si era svolto proprio in quel luogo.

Pensò a tutto ciò che aveva sentito di Gesù, di come avesse guarito i malati, camminato sulle acque e risuscitato i morti. Ripensò alle parole che Gesù aveva pronunciato - parole che risuonavano con il peso dell'*autorità* di Colui che è l'Autore della vita stessa. Pensò ai suoi genitori che avevano offerto le loro vite per servire quest'Uomo chiamato Gesù, morto per lui come anche per loro, e di come sua madre e suo padre avessero rinunciato alla loro stessa vita per coloro che amavano.

Quei pensieri lo inondarono totalmente, tanto che Nicola non poté fare a meno di singhiozzare con lacrime profonde e sentite. Provenivano dall'interno della sua stessa anima. Da un'altra parte, nel profondo, Nicola si sentiva agitato come non si era mai sentito prima in vita sua. Tutto questo richiedeva una reazione, un'azione. Si trattava di una sensazione così diversa da qualsiasi altra mai provata, eppure era inequivocabilmente chiaro che ci fosse un passo che ora doveva compiere, come se una porta si stesse aprendo davanti a lui e avesse capito di doverla attraversare. Ma in che modo?

Come in risposta alla sua domanda, Nicola si ricordò del fiore dorato che aveva in mano. Sapeva esattamente cosa avrebbe dovuto fare, e desiderava più di ogni altra cosa farlo.

Prese il fiore e lo posò delicatamente a terra davanti alla mangiatoia di legno. Il fiore dorato non era più solamente un fiore. Era il simbolo della sua vita, offerta al servizio del Re.

Nicola rimase in ginocchio lì per diverso tempo arrendendosi a quella sensazione che sapeva, mentre la provava, lo avrebbe cambiato per il resto della vita. Era ignaro di tutto ciò che stava accadendo attorno a lui. L'unica cosa che sapeva era che doveva servire quel Re, quell'Uomo che di sicuro era un Uomo a tutti gli effetti, ma che era anche uno con Dio, l'essenza stessa di Dio.

Come se si stesse lentamente risvegliando da un sogno, Nicola cominciò a riprendere coscienza di ciò che lo circondava. Notò Demetrio e Samuele alla sua sinistra e Rut alla sua destra, anche loro in ginocchio. Nel vederlo inginocchiarsi, avevano seguito il suo esempio. Ora, il loro sguardo passava da Nicola alla mangiatoia alternativamente.

L'ondata di emozione che aveva travolto Nicola, ora travolgeva anche loro. Non potevano fare a meno di immaginare ciò che Nicola provasse, conoscendo la sua devozione per Gesù e quanto era costato ai suoi genitori seguirlo. Ognuno di loro, personalmente, cominciò a provare dentro di sé cosa fossero quell'amore e devozione.

Nel vedere Nicola porre i fiori ai piedi della mangiatoia, iniziarono a sentire lo stesso impulso. Se Cristo era così importante per lui, allora anche loro, di certo, volevano seguire Gesù. Nella vita non avevano mai trovato nessuno che li aveva amati come aveva fatto Nicola negli ultimi tre giorni. Eppure, nonostante tutto, erano consapevoli che l'amore che Nicola aveva dimostrato loro non aveva origine solo in lui, ma nel Dio che Nicola serviva. Se questo era l'effetto che Gesù aveva nei suoi servitori, allora anche loro volevano servire Gesù.

Qualsiasi dubbio sulla fede che Nicola avesse avuto prima di quel giorno era completamente sparito in quegli attimi eterni. Nicola era diventato, veramente un *Credente*.

E già a partire da quei primi istanti in cui aveva riposto totalmente la sua fede e fiducia in Gesù, aveva ispirato altri a fare lo stesso.

PARTE 3

CAPITOLO 12

Ancora una volta, Nicola era sulla spiaggia, da solo. Tuttavia, stavolta, si trovava sulle rive della Terra Santa, guardando verso il Grande Mare e verso la sua terra natale.

Nei mesi successivi alla visita a Betlemme, Nicola insieme alla sua giovane guida e alle sue guardie del corpo, aveva cercato tutti i luoghi sacri che avevano a che fare con Gesù. Avevano ripercorso i passi dell'infanzia di Gesù partendo dal villaggio di Nazareth fino alla città di pescatori di Cafarnao, dove Gesù aveva vissuto da adulto.

Avevano guadato il fiume Giordano, dove Gesù era stato battezzato, e avevano nuotato nel mare di Galilea, dove aveva camminato sulle acque e calmato la tempesta.

Avevano visitato il monte dove Gesù aveva parlato del regno dei cieli ed erano rimasti meravigliati dal luogo in cui aveva moltiplicato i cinque pani e i due pesci per sfamare una moltitudine di cinquemila persone.

Mentre a Betlemme Nicola si riempì di meraviglia e stupore, a Gerusalemme si riempì di consapevolezza per la sua missione e il suo proposito. Camminando per le strade dove Gesù aveva portato la croce per la sua esecuzione, Nicola sentì sulle spalle un peso come se anche lui la stesse portando. Vedendo poi il monte dove Gesù era spirato e la tomba vuota in cui era risorto dalla morte, Nicola sentì svanire quel peso sulle spalle, proprio come anche Gesù doveva essersi sentito uscendo dalla tomba in cui lo avevano deposto.

In quel momento Nicola capì quale sarebbero stati la missione e il proposito della *sua* vita: presentare agli altri Colui che si sarebbe fatto carico anche dei loro fardelli. Voleva mostrare loro che non dovevano più portare i pesi del peccato, del dolore, della malattia e del bisogno da soli. Voleva mostrare loro che potevano gettare tutte le loro preoccupazioni su Gesù, sapendo che Lui si sarebbe preso cura di loro. «Venite a me, voi tutti che siete affaticati e oppressi», aveva detto Gesù, «e io vi darò riposo». Gesù aveva detto: «e io vi darò riposo».

I racconti che Nicola aveva ascoltato da piccolo non erano più solo immagini imprecise e lontane di quello che *poteva* essere accaduto. Erano storie che avevano acquisito nuova vita per lui, storie che ora erano tridimensionali e a colori. Non dipendeva dall'aver visto con i propri occhi quei luoghi. Altri prima di lui li avevano visti e alcuni addirittura ci vivevano, ciò nonostante non avevano sperimentato quello che Nicola provava. La differenza in Nicola la faceva il suo vedere questi racconti con occhi di fede, con gli occhi di un Credente, come una persona che ora riusciva a credere davvero a quello che era successo.

Non appena si conclude il suo viaggio attraverso i luoghi santi, Nicola tornò dove aveva sentito per la prima volta la presenza di Dio in modo intenso: a Betlemme. Comprese allora che, per prepararsi meglio alla sua nuova vocazione, avrebbe dovuto trascorrere più tempo possibile vivendo e imparando in questa terra speciale. Mentre esplorava la città di Betlemme e le zone circostanti, trovò un'altra grotta nei dintorni, nella città di Beit Jala, simile a quella in cui era nato Gesù. Si stabilì lì, nella grotta, con l'intenzione di trascorrere più tempo possibile vivendo e imparando a vivere in quella terra in cui aveva vissuto il suo Salvatore.

Anche Demetrio, Samuele e Rut avevano dato un nuovo senso e scopo alle loro vite. Per quanto volessero rimanere con Nicola, si sentivano ancora più obbligati a proseguire con il loro importante incarico di guidare sempre più persone a visitare questi luoghi sacri. Non si trattava più solo di guadagnarsi da vivere, adesso erano consapevoli che si trattasse di una vocazione santa, una vocazione per aiutare gli altri a provare ciò che anche loro avevano provato.

Erano passati quattro anni da quando Nicola era sbarcato per la prima volta su questa lato del Grande Mare. Durante questo periodo, vide spesso i suoi giovani amici portare sempre più pellegrini a vedere ciò che gli avevano mostrato. In quegli anni, osservò ognuno di loro crescere in «altezza e sapienza, in grazia davanti a Dio e agli uomini», proprio come aveva fatto Gesù nella sua giovinezza trascorsa a Nazareth.

Nicola sarebbe stato molto felice di poter rimanere lì, ma lo stesso Spirito di Dio, che lo aveva attirato a venire, ora lo stava riportando a casa. Sapeva che non poteva prolungare per sempre quest'esperienza santa. C'erano persone che avevano bisogno di lui e una vita che lo aspettava a casa, nella provincia di Licia. Non era sicuro di che cosa la vita avesse in serbo per lui. Dopo la morte dei suoi genitori c'era poco che lo attirasse a casa, ma era semplicemente lo Spirito di Dio a spingerlo verso la fase successiva del viaggio.

Organizzare una nave per il ritorno fu più complesso di quando dovette trovarne una per giungere in quelle terre, infatti il periodo dei calmi mari estivi stava per concludersi per lasciare posto alle prime tempeste autunnali. Tuttavia Nicola era convinto che quello fosse il momento giusto e sapeva che se avesse atteso ulteriormente, avrebbe fatto ritorno a casa solo in primavera - e la spinta dello Spirito era troppo forte per poter ritardare.

Così, quando seppe che da un giorno all'altro sarebbe arrivata una nave, una delle ultime della stagione, diretta da Alessandria a Roma, organizzò rapidamente il viaggio. La nave sarebbe arrivata il mattino seguente e lui non poteva perderla.

Tramite un negoziante aveva comunicato ai suoi tre amici che sarebbe salpato al mattino. All'imbrunire, però, non aveva ancora ricevuto notizie da parte loro.

Così rimase lì sulla spiaggia, da solo, a pensare a tutto quello che era accaduto, a come la sua vita era cambiata da quando era giunto in Terra Santa e a tutto ciò che sarebbe cambiato una volta lasciata. Quei pensieri lo riempivano di eccitazione, di attesa e, a essere onesti, anche un po' di paura.

CAPITOLO 13

Sebbene la nave di Nicola arrivasse la mattina successiva come da programma, i ragazzi non c'erano.

Più tardi nel pomeriggio, al momento di imbarcarsi, i tre non erano ancora arrivati. Nicola tristemente aveva rinunciato alla possibilità di incontrarli un'ultima volta. S'incamminò verso la nave, quando sentì qualcuno che lo tirava dalla manica. «Sei cristiano?» chiese ancora una volta la voce, ma con maggiore profondità questa volta, perché più grande di circa quattro anni. Era Demetrio, naturalmente. Nicola girò la testa e sfoggiò il più grande dei sorrisi.

«Se sono un cristiano? Senza dubbio!», disse vedendo che tutti e tre gli sorridevano a loro volta. «E voi?», aggiunse, rivolgendosi a tutti e tre.

«Senza dubbio!» risposero i tre quasi all'unisono. Era così che parlavano di fede da quando avevano condiviso l'esperienza a Betlemme, un'esperienza in cui i loro dubbi su Dio erano svaniti.

Mentre Nicola osservava un'ultima volta quei tre volti, si chiese cosa fosse più difficile: lasciare questa terra preziosa o lasciare questi tre giovani che aveva conosciuto lì.

Erano consapevoli del fatto che Dio li avesse chiamati con un proposito e ora credevano che Dio li separasse con un altro scopo, proprio come quando quattro anni prima Nicola fu chiamato per trasferirsi a Betlemme e loro continuarono a guidare i pellegrini di città in città.

Tuttavia anche conoscendo la volontà di Dio restava comunque difficile seguirla. Come Nicola aveva spesso ricordato loro, le lacrime erano uno dei segni d'amore più forti al mondo. Senza lacrime, se si perde qualcosa a cui teniamo, sarebbe difficile capire se quella cosa conta davvero.

La mancanza di lacrime non sarebbe un problema oggigiorno. Nicola chiese loro ancora una volta di stendere la mano destra. Mentre frugava in tasca per trovare tre delle sue monete più grosse da porre sui loro palmi, si rese conto di non essere abbastanza veloce. In un attimo, tutti e tre i ragazzi gli avevano avvolto le braccia intorno al collo, alla schiena e alla vita, a seconda della loro statura. Si tennero stretti il più a lungo possibile prima che uno dei membri dell'equipaggio della nave facesse segno a Nicola che era giunto il momento di imbarcarsi.

Mentre Nicola dava a ciascuno di loro un ultimo abbraccio, infilò di nascosto una moneta nelle loro tasche. Durante il tempo che avevano trascorso insieme, i doni di Nicola avevano aiutato in modo incommensurabile i bambini. Non erano stati i suoi doni a benedirli tanto, quanto la sua presenza e la sua disponibilità a trascorrere con loro tanto tempo. Infine Nicola volle regalare loro un'ultima benedizione che avrebbero scoperto solo una volta partito, proprio com'era solito fare con le benedizioni migliori che faceva di nascosto.

Nicola non sapeva se ridere o piangere al pensiero di quest'ultimo regalo, così fece entrambe le cose. Sottovoce, inoltre, recitò una preghiera di ringraziamento per la vita di ciascuno di loro, poi li salutò uno per uno. Gli abbracci dei bambini risultarono il perfetto commiato prima di imbarcarsi sulla nave diretta a casa, ignaro del fatto che quegli abbracci e le loro parole gentili sarebbero stati d'aiuto nel superare i giorni bui che lo attendevano.

CAPITOLO 14

Il vento si alzò mentre la nave di Nicola lasciava la riva. Il capitano sperava di poter iniziare il viaggio prima dell'arrivo della tempesta, navigando per qualche ora lungo la costa fino al porto successivo per trascorrervi la notte. Navigare lungo la costa del Grande Mare prolungava il viaggio, costringendo la nave a fermarsi di città in città lungo il percorso piuttosto che proseguire diretta verso la destinazione. Ma quest'ultima soluzione risultava essere anche la più pericolosa, specie in questa stagione dell'anno. Così che per evitare l'inverno imminente e la tempesta ormai alle porte, cercarono di navigare ogni giorno più tempo possibile.

Nicola si rese conto che rispettare le scadenze andava oltre la volontà del capitano di onorare gli accordi coi clienti. Si trattava piuttosto di una questione di vita o di morte per le famiglie dell'equipaggio, compresa quella del capitano. Nicola venne a sapere che una carestia aveva colpito tutto l'impero e che ora si era abbattuta anche sulla città natale dell'equipaggio, Roma.

Tutto era cominciato nelle campagne perché le piogge scarseggiavano nei dintorni, ora però anche le riserve di Roma stavano cominciando a esaurirsi. I prezzi aumentavano e anche le famiglie che potevano permettersi di pagare il cibo stavano terminando rapidamente le loro risorse per procurarselo.

Il capitano della nave non era uno stolto. Con un'esperienza nella navigazione di quasi 30 anni, sapeva, che fermarsi e non proseguire il viaggio avrebbe comportato il rischio di rimanere bloccati a terra per il resto dell'inverno. Se ciò fosse accaduto, il carico di grano che l'imbarcazione trasportava sarebbe andato distrutto in primavera, così come la famiglia del capitano. Non si poteva fare altrimenti: la nave doveva proseguire.

Secondo Nicola quella era la decisione giusta. Anche lui voleva continuare il viaggio, nonostante a motivarlo non fossero né la famiglia né il carico. Era lo Spirito di Dio stesso. Non sarebbe stato in grado di spiegarlo a nessuno, se non a coloro che già l'avevano sperimentato. Sapeva solo che era categorico che iniziassero a muoversi.

Aveva pensato che avrebbe trascorso ancora un po' di tempo in Terra Santa, forse, anche tutta la vita. L'aveva considerata casa fin da subito, complice il fatto di averne sentito parlare così di frequente quando era piccolo. Non aveva una famiglia che lo aspettava altrove e, fino a quel momento, essere rimasto lì non gli era affatto dispiaciuto, se non fosse che lo Spirito gli avesse suggerito che era ora di partire.

All'inizio fu come un'inquietudine, come se all'improvviso non fosse più felice di trovarsi lì. Non riusciva a collegare quella sensazione a qualcosa in particolare che non gli piacesse di quel luogo, ma solo al fatto che era tempo per lui di andare. Ma dove? Dio dove voleva che andasse? Aveva un altro posto da mostrargli? Un'altra parte del Paese in cui avrebbe dovuto vivere? O forse, un altro Paese che avrebbe dovuto visitare?

Man mano che la sua inquietudine cresceva, il suo cuore e la sua mente cominciarono a esplorare le possibilità in maniera più dettagliata. In passato aveva scoperto che il modo migliore di ascoltare Dio era disfarsi della propria volontà e abbracciare pienamente quella di Dio, qualunque essa fosse. Sebbene lasciarsi andare fosse difficile per lui, era consapevole che Dio lo avrebbe guidato sempre nei modi migliori. Così, abbandonando la propria volontà, Nicola iniziò finalmente a vedere quella di Dio in maniera più nitida anche in questa situazione. Per quanto sentisse che la Terra Santa era la sua nuova casa, non lo era davvero. Percepiva chiaramente che era giunto il momento di tornare nella regione in cui era nato, nella provincia di Licia, sulla costa settentrionale del Grande Mare. C'era qualcosa, ne era sicuro, che

Dio voleva che facesse lì; qualcosa per cui era stato chiamato ed equipaggiato e, di fatto, era questo il motivo per cui Dio lo aveva scelto per crescere lì durante la sua infanzia. Proprio come si sentì sollevato nel recarsi in Terra Santa, ora Nicola si sentiva sollevato nel ritornare a casa.

Diretto a casa. Era lì che doveva andare. La spinta interiore che provava era talmente forte, se non più forte, della spinta che ora motivava il capitano e il suo equipaggio a riportare il carico, sano e salvo, alle loro amate famiglie. Con o senza la tormenta, dovevano tornare a casa.

CAPITOLO 15

La nave di Nicola non riusciva a raggiungere il porto successivo della costa. Infatti, proseguendo la navigazione nella speranza di anticipare la tempesta finirono per trovarcisi in mezzo. La burrasca, già poco dopo la partenza, si abbatté sulla nave e la spinse sempre più lontano dalla costa, così lontano che tre ore dopo l'imbarcazione era prigioniera delle onde.

L'equipaggio aveva già ammainato le vele, bandendo i tentativi di forzare il timone nella direzione opposta. Speravano che assecondando la tempesta piuttosto che contrastandola, sarebbero riusciti a mantenere l'imbarcazione integra. Ma anche questo piano, pareva solo spingerli nelle acque più profonde e pericolose, avvicinandoli sempre di più all'occhio del ciclone. Dopo altre tre ore, il mal di mare che aveva inizialmente sopraffatto l'equipaggio non era più una preoccupazione, poiché la paura della morte stessa stava ormai prendendo il sopravvento su tutti, tranne che sui più valorosi a bordo.

Sebbene Nicola avesse già viaggiato in nave, non si considerava uno dei più valorosi. Non aveva mai visto onde come quelle colpire l'imbarcazione e non era l'unico. Mentre la tempesta si faceva sempre più impetuosa, gli uomini presenti cominciarono a descriverla come la peggiore che avessero mai visto.

La mattina dopo, quando la tempesta non si era ancora placata, e poi la mattina successiva e quella dopo ancora, mentre le onde continuavano a imperversare, tutti si chiesero perché avessero avuto tanta fretta di partire cercando di battere sul tempo la tempesta. Ora speravano e pregavano solo che Dio permettesse loro di vivere un altro giorno, un'altra ora. Onda dopo onda, Nicola pregava incessantemente chiedendo di riuscire a superarne anche solo un'altra.

I suoi pensieri e le sue preghiere si riempivano di curiosità circa le esperienze vissute dall'apostolo Paolo, quel seguace di Cristo, che aveva navigato in lungo e in largo il Grande Mare molte volte su navi come quella in cui si trovava lui. Fu nell'ultimo suo viaggio verso Roma che Paolo sbarcò a Myra, a pochi chilometri dalla città natale di Nicola. Poi, nel proseguire da Myra verso Roma, Paolo affrontò la tempesta più violenta che avesse mai affrontato: una furia tremenda che durò più di quattordici giorni e che terminò con l'incagliamento della nave su un banco di sabbia, proprio al largo dell'isola di Malta.

Nicola pregò affinché la *loro* battaglia con il vento non durasse quattordici giorni. Non sapeva nemmeno se sarebbero riusciti ad arrivare al giorno dopo. Cercò di pensare se Paolo avesse fatto qualcosa per aiutare se stesso e i duecentosettantasei uomini che erano con lui a rimanere in vita, anche se la loro nave e il suo carico fossero andati distrutti. Ma per quanto si sforzasse, tutto ciò che riusciva a ricordare era che un angelo apparve a Paolo la notte prima che si arenassero. L'angelo gli di farsi coraggio: anche se la nave sarebbe andata distrutta, nessuno degli uomini a bordo sarebbe morto. Quando Paolo raccontò agli uomini di questa visita angelica, tutti si fecero coraggio, perché lui era convinto che sarebbe accaduto proprio come aveva detto l'angelo. E così fu.

Ma a Nicola, nessun angelo era apparso. Non era stato predetto alcun risultato dal cielo e non erano arrivate istruzioni su cosa avrebbero dovuto o non avrebbero dovuto fare. L'unica cosa che sentiva era quella spinta interiore che aveva sentito prima di partire: dovevano tornare a casa il più presto possibile.

Non sapendo cos'altro fare, Nicola si ricordò una frase di suo padre: «Gli ordini permanenti sono buoni ordini». Se un soldato non sapeva cosa fare, anche se la battaglia intorno a lui sembrava cambiare direzione, se l'ufficiale in comando non aveva dato altri ordini, allora il soldato doveva seguire gli ordini più recenti. Gli ordini permanenti sono buoni ordini.

Fu questa perla di saggezza del padre, più di ogni altro pensiero, a guidare Nicola e a dargli il coraggio di fare quello che fece in seguito.

CAPITOLO 16

Quando la burrasca sembrò arrivare al punto di travolgerli, Nicola cominciò a pensare ai bambini che aveva appena lasciato. Quel pensiero non lo riempì di tristezza, ma di speranza. Cominciò a prendere coraggio dalle storie che avevano imparato su come Gesù aveva calmato la tempesta, su come Mosè aveva diviso il Mar Rosso e su come Giosuè aveva arrestato il corso del fiume Giordano. Nicola e i bambini avevano cercato spesso di immaginare cosa volesse dire poter esercitare un tale controllo sugli elementi. A volte Nicola aveva persino provato a fare alcune di quelle cose, insieme a Demetrio, Samuele e Rut. Quando pioveva, alzavano le mani e pregavano per cercare di fermare la pioggia. Ciò nonostante la pioggia continuava a cadere sulle loro teste. Quando raggiunsero il mare di Galilea, provarono a camminare sulle acque, proprio come fece Gesù - e anche Pietro, anche se solo per pochi istanti. Tuttavia Nicola e i bambini si erano convinti di non possedere la fede o la forza o qualsiasi cosa necessaria per compiere quelle cose.

Quando un'altra onda si infranse sulla fiancata della nave, Nicola si rese conto che c'era un filo conduttore in tutte queste storie. Forse, dopo tutto, il problema non era la loro fede, ma il momento divino. Ad ogni modo, dalle storie che ricordava, Dio non permetteva quei miracoli per capriccio, solo per il divertimento delle persone che cercavano di compierli. Dio li permetteva perché Lui aveva luoghi da raggiungere, persone da vedere e vite da salvare. In ogni situazione c'era un'urgenza che richiedeva alle persone di compiere non solo ciò che era nel loro cuore, ma anche ciò che era nel cuore di *Dio*.

Sembrava che i miracoli si verificassero non tanto a causa dei loro tentativi di riorganizzare il mondo di Dio, ma nei tentativi di Dio di riorganizzare i loro mondi. Secondo Nicola doveva essere una combinazione tra le loro preghiere di fede e la divina volontà di Dio, a far scoccare la scintilla tra il cielo e la terra, accesa dalle due volontà che collaboravano, sprigionando un potere in grado di spostare montagne.

Quando Gesù dovette attraversare il lago, ma i suoi discepoli erano già in barca, per fede riuscì a innescare il processo che gli permise di camminare sulle acque e, una volta raggiunti, di calmare così la tempesta che minacciava le loro vite. «Gli ordini permanenti sono buoni ordini», ricordava Nicola e credeva con tutto il cuore che se Dio non avesse cambiato gli ordini, allora in qualche modo, dovevano fare tutto il possibile per raggiungere l'altra sponda del mare. Non bastava, però, che Dio lo volesse. Dio cercava qualcuno disposto, qui sulla terra, a desiderarlo anche lui, completando così il collegamento divino e sprigionando il miracolo. Come Mosè quando sollevò il suo bastone in aria o i sacerdoti di Giosuè quando mossero i primi passi nel fiume Giordano, Dio aveva bisogno di qualcuno che d'accordo con Lui nella fede, desiderasse che ciò che Egli aveva voluto accadesse nei cieli, accadesse anche qui sulla terra. Dio aveva già detto a Nicola cosa doveva accadere. Ora spettava a Nicola completare la connessione divina. «Uomini!» urlò Nicola per attirare l'attenzione dell'equipaggio. «Il Dio che io servo e che ha dato la vita per ciascuno di noi, vuole che raggiungiamo la nostra destinazione ancor più di quanto noi lo desideriamo. Dobbiamo accettare per fede, qui e ora, che Dio non solo può farlo, ma che vuole che lo facciamo. Se amate Dio, o anche solo se pensate di voler amare Dio, voglio che preghiate insieme a me, affinché possiamo davvero raggiungere la nostra meta senza che nulla ostacoli il nostro viaggio!».

Non appena Nicola pronunciò queste parole, accadde l'impensabile: non solo il vento non si fermò, ma acquistò velocità! Nicola vacillò per un attimo, come se sentisse di aver commesso una sorta di errore cosmico, una sorta di errore di calcolo su come Dio operava e su ciò che Dio voleva che facesse. Poi, però notò che, sebbene il vento fosse aumentato di velocità, aveva anche cambiato direzione, in un modo impercettibile, ma così netto e chiaro tanto che Dio aveva attirato l'attenzione di tutti gli uomini a bordo. Ora, invece di essere sballottati dalle onde, stavano navigando direttamente attraverso di esse, come se fosse stato scavato un canale nelle onde stesse. La nave fu guidata in questo modo non solo per i momenti successivi, ma addirittura per le ore successive.

Mentre la velocità e la direzione della nave continuavano a seguire una rotta costante e incredibilmente veloce, il capitano si rivolse a Nicola. Non aveva mai visto nulla di simile in tutta la sua vita. Era come se una mano invisibile tenesse il timone della nave, fermo e dritto, anche se le corde del timone non avevano nessuno alla guida, perché erano state abbandonate da quando era cominciata la burrasca.

Anche Nicola sapeva, sebbene non fosse esperto come il capitano, che questo fenomeno in mare aperto non era normale. Aveva sentito qualcosa di soprannaturale prendere il controllo nel momento in cui si era alzato a parlare con l'equipaggio, e ancora lo sentiva mentre continuavano il viaggio.

Cosa ci fosse in serbo per loro non lo sapeva. Tuttavia era certo che Colui che li aveva condotti fin lì non avrebbe tolto la mano da quel timone finché la sua missione non fosse del tutto compiuta.

CAPITOLO 17

La burrasca che aveva minacciato le loro vite si rivelò averne salvate molte di più. Invece di far loro costeggiare il litorale, li aveva spinti ad attraversare il mare, a percorrere un sentiero pericolosissimo che non si sarebbero mai azzardati a prendere in quel periodo dell'anno.

Quando, la mattina del quinto giorno, avvistarono terra, la riconobbero chiaramente. Era la città di Myra, a poche miglia di distanza dalla città natale di Nicola; la stessa città dove l'apostolo Paolo aveva cambiato nave nel suo celebre viaggio verso Roma.

Erano così vicini a casa che Nicola sapeva in cuor suo che stava per sbarcare nel punto esatto in cui Dio voleva che fosse. Dio, senza dubbio, gli aveva risparmiato la vita per uno scopo, uno scopo che, ora, avrebbe dato inizio al prossimo capitolo della sua vita.

Mentre si avvicinavano alla spiaggia, notarono che la tempesta che infuriava in alto mare, era stata a malapena avvertita sulla terraferma.

Le piogge che avevano inondato la nave negli ultimi giorni, e che avrebbero dovuto placare la sete della terra, non bagnavano quell'area da diversi mesi. La siccità che il capitano e i marinai gli avevano detto essere giunta a Roma, si era già abbattuta nella Licia da due anni e mezzo. L'effetto globale fu che il raccolto destinato a costituire le riserve per l'inverno successivo e le sementi per l'intero anno a venire erano già esauriti. Se gli abitanti della Licia non avessero avuto grano ora, molti non sarebbero sopravvissuti all'inverno e altri sarebbero morti la primavera successiva perché non avrebbero avuto le sementi per piantare altro raccolto. Questa nave era una delle ultime che avevano lasciato le fertili valli dell'Egitto prima dell'inverno e il suo arrivo, in questo momento, era un miracolo agli occhi della gente. Certamente era una risposta alle loro preghiere.

Ma la risposta non era così chiara al capitano. Il custode dei magazzini imperiali di Roma gli aveva imposto di non far mancare nemmeno un chicco di grano all'arrivo della nave a Roma. La nave era stata pesata ad Alessandria prima di lasciare l'Egitto e sarebbe stata pesata di nuovo una volta a Roma - e il capitano sarebbe stato ritenuto personalmente responsabile di qualsiasi discrepanza. La carestia aveva messo sempre più sotto pressione l'imperatore che si preoccupava di portare qualsiasi tipo di sollievo al popolo. Non solo, ma anche le famiglie del capitano e quelle dell'equipaggio erano in attesa dell'arrivo di questo cibo. Il lavoro dei marinai e la vita delle loro famiglie dipendevano dalla consegna sicura di ogni singolo chicco di grano a bordo. Tuttavia, senza la fede e l'incoraggiamento di Nicola, il capitano sapeva che la nave e il suo carico sarebbero andati persi in mare, insieme a chi era a bordo.

Sebbene a Nicola fosse chiaro che Dio lo aveva riportato in patria, non era altrettanto sicuro di cosa fare del grano. Nonostante sembrasse opportuno dare almeno una parte del grano alla gente di Myra, Nicola cercò comunque di vedere la situazione dal punto di vista di Dio.

Questa città, o qualsiasi altra città in tutto l'impero, aveva forse più bisogno di Roma di quel grano, che aveva comprato e pagato per averlo? Ma a Nicola sembrò anche che la nave fosse stata portata appositamente in quella specifica città, seguendo una rotta diretta e precisa tra le enormi onde.

L'intero dibattito su cosa avrebbero dovuto fare si svolse nel giro di pochi minuti dal loro arrivo a terra. Nicola e il capitano ebbero poco tempo per pensare a cosa avrebbero fatto, dato che la gente della città era accorsa a vedere la nave, stupita dal modo in cui Dio l'aveva condotta nel loro porto affamato. Si riuniva in numero sempre maggiore per dare il benvenuto alla barca, ringraziando e, allo stesso tempo, lodando Dio.

Sia Nicola sia il capitano erano consapevoli che solo Dio avrebbe potuto rispondere al loro dilemma. I due, insieme al resto dell'equipaggio, avevano già deciso la sera prima - mentre venivano condotti in maniera continua e rapida sull'acqua – che la prima cosa che avrebbero fatto una volta arrivati a riva sarebbe stata quella di andare nella chiesa più vicina e rendere grazie a Dio per la sua liberazione. Quando vide dove erano sbarcati, Nicola sapeva esattamente dove trovare quella chiesa. La sua famiglia l'aveva visitata di tanto in tanto quando viaggiava tra le città gemelle di Patara e Myra. Dopo aver detto all'equipaggio che il loro primo dovere era quello di rendere grazie a Dio per averli condotti in quel luogo sicuro, Nicola, il capitano e i marinai si diressero alla chiesa di Myra.

Mentre attraversavano la città e salivano sulle colline che cullavano la chiesa, non avevano idea che i sacerdoti all'interno delle sue mura avevano già da soli combattuto con una tempesta.

PARTE 4

CAPITOLO 18

Il successivo passo nella vita di Nicola stava per essere determinato da un sogno. Non un sogno avuto da lui, ma un sogno che Dio aveva messo nella mente di un uomo, un sacerdote della città di Myra.

Nelle settimane precedenti l'arrivo di Nicola a Myra, una tragedia si era abbattuta sulla chiesa. L'anziano vescovo, il dirigente della parrocchia, era morto. La tragedia non riguardava la sua morte, infatti l'uomo aveva avuto una lunga e fruttuosa vita ed era dovuto semplicemente sottostare agli effetti dell'età. Tuttalpiù era scaturita dalla diatriba su chi avrebbe dovuto prendere il suo posto come vescovo.

Nonostante sembrasse che cose del genere potessero essere risolte in modo amichevole, specie all'interno di una parrocchia, quando i cuori, la lealtà e i desideri personali vengono coinvolti, ciò porta a volte a confondere le persone a tal punto da non riuscire a vedere quale sia la volontà di Dio in una particolare situazione. Può essere difficile per chiunque, anche per le persone di fede, mantenere la propria mente libera da preconcetti e preferenze personali su ciò che Dio può, o non può fare in un determinato momento.

Questa diatriba era una tempesta che durava da una settimana e che aveva raggiunto il suo apice la notte prima dell'arrivo di Nicola.

In quell'occasione, infatti, uno dei sacerdoti fece un sogno che lo svegliò di soprassalto. Scorse un uomo, mai visto prima, e che chiaramente avrebbe assunto le responsabilità del loro defunto vescovo. Al risveglio, non ricordò nulla dell'aspetto di quell'uomo, ma ricordò solo il suo nome: Nicola.

«Nicola?» chiese uno degli altri sacerdoti quando sentì raccontare il sogno. «Nessuno di noi si è mai chiamato così, e non c'è nemmeno nessuno con questo nome in tutta la città».

Nicola, in effetti, non era un nome popolare all'epoca. Venne menzionato solo una volta di sfuggita in uno degli scritti di Luca sulla Chiesa primitiva, insieme ad altri nomi altrettanto poco diffusi in quel periodo a Myra, come Procoro, Nicanore, Timone e Parmena. Agli altri sacerdoti sembrò ridicolo che quel sogno potesse venire da Dio. Tuttavia il vecchio sacerdote ricordò loro: «Anche il nome di Gesù fu dato a suo padre da un angelo in sogno».

Forse fu questa testimonianza dei Vangeli, o forse l'improbabilità che ciò accadesse, che mise d'accordo i sacerdoti sul considerare la prossima persona che avrebbe varcato la loro porta se avesse risposto al nome di Nicola. Di sicuro li avrebbe aiutati a superare la situazione di stallo in cui si trovavano.

Che sorpresa, quindi, quando nell'aprire le porte della chiesa per le preghiere del mattino, l'intero *equipaggio* di una nave si riversò al suo interno!

I sacerdoti salutarono ciascuno degli uomini all'ingresso, dando loro il benvenuto. Gli ultimi due a entrare furono il capitano e Nicola che avevano dato precedenza agli altri. Il capitano ringraziò i sacerdoti per aver aperto loro le porte, poi si rivolse a Nicola e disse: «E grazie a Nicola per aver avuto la brillante idea di venire qui oggi».

I sacerdoti, stupiti, si guardarono l'un l'altro increduli. Forse Dio aveva risposto alle loro preghiere, dopo tutto.

CAPITOLO 19

La preoccupazione del capitano su cosa fare con il grano sulla sua nave svanì quando arrivarono alla chiesa, così come la tempesta era svanita quando erano arrivati a riva.

Dopo pochi istanti dall'inizio delle preghiere mattutine, era convinto che solo la potente mano di Dio avesse tenuto il timone dritto e saldo. Ora sapeva con certezza che voleva offrire il grano alla gente che viveva lì. Dio gli parlò sia del piano che della quantità. Era come se il capitano stesse interpretando il ruolo di Abramo nella vecchia, vecchia storia in cui Abramo offrì una parte delle sue ricchezze al sacerdote Melchisedek.

Il capitano era disposto a correre il rischio con i suoi superiori a Roma piuttosto che correre qualsiasi rischio con il Dio che li aveva salvati tutti. Sapeva che senza la guida e la direzione di Dio in quel viaggio, né lui né i suoi uomini, né la nave né il grano sarebbero mai arrivati a Roma.

Quando il capitano si alzò dalla preghiera, cercò subito Nicola per condividere con lui la risposta. Nicola accettò sia il piano che la quantità. Il capitano chiese: «Pensi che sarà sufficiente per tutte queste persone?».

Nicola rispose: «Gesù è stato in grado di sfamare 5.000 persone con solo cinque pani e due pesci, e quello che vuoi dare a questa città è molto più di quello che Gesù aveva a disposizione all'inizio!».

«Come ha fatto?», chiese il capitano, quasi più a se stesso che a Nicholas.

«Tutto quello che so», rispose Nicholas, «è che alzò gli occhi al cielo, rese grazie e cominciò a distribuire il cibo con i suoi discepoli. Alla fine tutti erano soddisfatti e avanzarono ancora dodici ceste piene di cibo!».

«Allora faremo esattamente la stessa cosa», disse il capitano.

E per anni si sarebbe raccontata la storia di come il capitano della nave alzò gli occhi al cielo, rese grazie e cominciò a distribuire il grano con il suo equipaggio. Fu sufficiente per sfamare la popolazione di quella città per due anni interi e per seminare e raccogliere ancora di più nel terzo anno.

Mentre i sacerdoti salutavano il capitano e l'equipaggio, chiesero a Nicholas se potesse rimanere ancora per un po'. I venti di confusione che si erano scatenati e poi placati nella mente del capitano stavano per impallidire in confronto alla tempesta che stava per scoppiare nella mente di Nicholas.

CAPITOLO 20

Quando i sacerdoti gli raccontarono del sogno, sostenendo che lui potesse essere la risposta alle loro preghiere, Nicola rimase stupito e meravigliato e al tempo stesso perplesso e agitato. Aveva desiderato spesso di essere usato da Dio in modo potente ed era inequivocabile che fosse stato Dio a portarlo dritto attraverso il Grande Mare, proprio in questo luogo, proprio in questo preciso momento!

Diventare sacerdote, però, per non parlare di vescovo, sarebbe stata una decisione per tutta la vita. Spesso aveva pensato di riprendere l'attività di suo padre. Aveva avuto molto successo e Nicola sentiva di poterne avere altrettanto. Tuttavia cosa ancora più importante per lui, che fare il lavoro del padre, era quella di avere una famiglia come la sua.

I ricordi che Nicola aveva dei suoi genitori erano così belli che desiderava crearne altri con una famiglia tutta sua. Usanza dei sacerdoti, tuttavia, era quella di astenersi dal matrimonio e dalla paternità per potersi dedicare pienamente ai bisogni della comunità che li circondava.

Nicola indugiò mentalmente al pensiero di dover rinunciare al desiderio di una famiglia propria. Non che avere una famiglia fosse un pensiero ricorrente, ma era radicato nel profondo della sua anima tanto da darlo per scontato e prima o poi l'avrebbe realizzato, in futuro.

Lo shock di dover rinunciare a una famiglia, ancora prima di aver preso in considerazione l'idea di averne una, fu come una scossa. *Seguire la volontà di Dio non dovrebbe essere così difficile,* pensava! Ma aveva imparato dai suoi genitori che rinunciare alla propria volontà per amore di quella di Dio non era sempre così facile, un'altra lezione che avevano imparato da Gesù.

Quindi, solo perché si trattava di una decisione difficile non era una ragione sufficiente perché la escludesse. Un'altra immagine gli fluttuò nella mente, quella di tre visi sorridenti conosciuti quando era sbarcato per la prima volta in Terra Santa, con il capo chino e le mani tese. Loro non erano per lui una famiglia? E non c'erano centinaia, se non addirittura migliaia, di bambini come loro? Bambini che non avevano una famiglia, qualcuno che si prendesse cura di loro, qualcuno che si occupasse dei loro bisogni?

E non c'erano forse innumerevoli altre persone nel mondo, vedove e vedovi, coloro che erano famiglie di nome ma non di fatto, che avevano ancora bisogno di aiuto e appoggio e del senso di famiglia intorno a loro? E non c'erano forse anche altre famiglie, come i suoi genitori, felici da sole ma che avevano trovato ulteriore felicità nel riunirsi ad altre famiglie di credenti della loro città? Rinunciare all'idea di una famiglia propria non significava rinunciare del tutto all'idea di avere una famiglia. Anzi, è possibile che in questo modo arrivasse ad avere una "famiglia" ancora più grande.

Più Nicola pensava a ciò a cui avrebbe potuto rinunciare per servire Dio nella Chiesa, più considerava come Dio avrebbe potuto usare questa nuova posizione in modi che andavano al di là dei suoi pensieri e desideri. E se Dio fosse stato davvero presente in questa decisione, forse alla fine avrebbe avuto le sue ricompense speciali.

La furia della bufera che aveva travolto la sua mente cominciò a placarsi. Al suo posto, la pace di Dio cominciò a scorrere nella sua mente e nel suo cuore. Nicola riconobbe che si trattava della pace della volontà divina rivelata. Fu sufficiente un altro momento per comprendere quale sarebbe stata la sua risposta.

Le tempeste che un tempo erano sembrate così minacciose - quella in mare, quella in chiesa, quelle nella mente del capitano e di Nicola - ora si rivelavano invece benedizioni di Dio. Dimostravano, infatti, a Nicola ancora una volta che, qualunque cosa accadesse, Dio poteva davvero operare ogni cosa per il bene di coloro che lo amavano e che erano chiamati secondo il Suo scopo.

Sì, se i sacerdoti lo avessero voluto, Nicola sarebbe diventato il prossimo vescovo di Myra.

CAPITOLO 21

Nicola, una volta nominato vescovo, non divenne improvvisamente un altro uomo. Divenne vescovo grazie all'uomo che era già. Come aveva fatto in passato con suo padre tanti anni prima, Nicola continuò anche ora a farlo, qui nella città di Myra e nelle città circostanti: camminava, pregava e interrogava Dio su dove potesse essere di maggior aiuto.

Proprio durante una di queste passeggiate in preghiera Nicola incontrò Anna Maria. Era una bella bambina, di soli undici anni, ma la sua bellezza era celata ai più dalla povertà che indossava. Nicola la trovò un giorno che cercava di vendere fiori, fatti con fili d'erba intrecciati. Ma anche la bellezza di quei fiori sembrava essere nascosta a tutti, escluso Nicola, visto che nessuno era interessato ad acquistare quelle sue semplici creazioni.

Quando le si avvicinò, gli ricordò immediatamente la piccola Rut, che aveva lasciato in Terra Santa, con i fiori d'oro in mano sulle colline di Betlemme.

Quando si fermò a osservarla meglio, Dio parlò al suo cuore. A Nicola sembrò di provare quello provò Mosè quando si fermò a guardare il roveto ardente nel deserto, momento in cui la sua naturale curiosità si trasformò in un incontro soprannaturale con il Dio vivente.

«I tuoi fiori sono bellissimi», disse Nicola. «Posso averne uno?».

La ragazzina gli porse una delle sue creazioni. Mentre lo scrutava, anche lui la osservava. La bellezza che vide sia nel fiore sia nella bambina era stupefacente. In qualche modo Nicola aveva la capacità di vedere ciò che gli altri non riuscivano a vedere, o non vedevano perché lui cercava sempre di vedere le persone, le cose e la vita come le vedeva Dio, come se Dio stesse guardando attraverso i suoi occhi. «Vorrei comprare questo, se possibile», disse.

Deliziata, lei sorrise per la prima volta. Gli comunicò il prezzo e lui le diede una moneta.

«Dimmi», disse Nicola: «che cosa farai con il denaro che guadagnerai vendendo questi bellissimi fiori?».

Quello che Nicola sentì dopo gli spezzò il cuore. Anna Maria era la più giovane di tre sorelle: Sofia, Cecilia e Anna Maria. Sebbene il padre le amasse profondamente era sprofondato nella disperazione quando la sua attività, una volta di successo, era fallita e la moglie era morta poco dopo. Non avendo la forza e le risorse per risollevarsi dall'oscurità, la situazione per la sua famiglia diventava sempre più cupa.

La sorella maggiore Sofia, aveva appena compiuto 18 anni e anche lei faceva girare la testa a molti. Ma nessuno voleva sposarla perché il padre non aveva una dote da offrire a nessun potenziale pretendente. E senza dote, c'erano poche probabilità che lei e le altre tre ragazze si sposassero.

Le scelte che il padre si trovava a dover affrontare erano terribili. Sapeva di dover agire presto o avrebbe rischiato che Cecilia e Anna Maria non si sarebbero mai sposate in futuro. Non avendo modo di raccogliere una dote adeguata per lei ed essendo troppo orgoglioso per accettare la carità da altri, anche se qualcuno aveva le possibilità da offrirgli, il padre stava per fare l'impensabile: avrebbe venduto la figlia maggiore come schiava per far quadrare i conti.

Nicola non riusciva a immaginare come il padre potesse pensare che questa fosse la soluzione migliore. Ma sapeva anche che la disperazione spesso era in grado di compromettere anche gli uomini con le migliori intenzioni. Sacrificando la figlia maggiore in questo modo, forse il padre pensava di risparmiare alle due più piccole un destino simile.

Anna Maria, dal canto suo, aveva avuto l'idea di creare e vendere fiori per cercare di salvare sua sorella da quel destino che, per lei, era peggiore della morte. Nicola trattenne le lacrime per rispetto ad Anna Maria e per il nobile sforzo che stava facendo per salvare sua sorella.

Si trattenne persino dal comprare l'intero cesto di fiori, perché sapeva che ce ne sarebbe voluti troppi di fiori per salvare Sofia. Serviva un miracolo. E mentre Dio parlava al suo cuore quel giorno, Nicola sapeva che Dio avrebbe potuto usare lui per compierlo.

CAPITOLO 22

Senza ostentazione né clamore, Nicholas offrì una preghiera per Anna Maria, insieme ai suoi ringraziamenti per il fiore, e la incoraggiò a continuare a fare tutto il possibile per aiutare la sua famiglia e a continuare ad avere fiducia in Dio per fare ciò che lei non poteva fare.

Nicholas sapeva di poter aiutare quella famiglia. Sapeva di avere le risorse per cambiare in meglio le loro vite, perché aveva ancora gran parte del patrimonio dei suoi genitori nascosto nelle scogliere vicino alla costa per occasioni come questa. Ma sapeva anche che l'orgoglioso padre di Anna Maria non avrebbe mai accettato la carità da nessun uomo, nemmeno in quel momento così difficile.

L'umiliazione di suo padre per aver perso la sua attività, insieme alla sua perdita personale, lo aveva reso cieco di fronte alla realtà di ciò che stava per accadere a sua figlia. Nicholas voleva aiutare, ma come? Come poteva intervenire senza umiliare ulteriormente il padre di Anna Maria, rischiando che rifiutasse proprio l'aiuto che Nicholas poteva offrirgli? Nicholas fece ciò che faceva sempre quando aveva bisogno di saggezza. Pregò. E prima che la giornata finisse, ebbe la sua risposta.

Nicholas mise in atto il suo piano, e non un momento troppo presto! Il giorno dopo era proprio il giorno in cui il destino di Sophia sarebbe stato deciso.

Prendendo una discreta quantità di monete d'oro dai suoi risparmi, Nicholas le mise in un piccolo sacchetto. Era abbastanza piccolo da stare in una mano, ma abbastanza pesante da essere sicuro che sarebbe stato sufficiente per soddisfare il bisogno.

Nascosto dal buio della notte, attraversò la città di Myra fino alla casa dove vivevano Anna Maria, suo padre e le sue due sorelle maggiori.

Mentre si avvicinava silenziosamente alla casa, poteva sentirli parlare all'interno. Il loro umore era comprensibilmente abbattuto mentre discutevano di quello che pensavano fosse il loro inevitabile passo successivo. Chiedevano a Dio di dare loro la forza di fare tutto ciò che era necessario.

Per anni, Sophia e le sue sorelle avevano sognato il giorno in cui avrebbero incontrato l'uomo dei loro sogni. Avevano persino scritto canzoni d'amore per questi uomini, confidando che Dio avrebbe portato a ciascuna di loro l'uomo perfetto al momento perfetto.

Ora sembrava che tutte le loro canzoni, tutte le loro preghiere e tutti i loro sogni fossero stati vani.

Sophia non era l'unica a sentire l'impatto di questa nuova realtà, perché le sue due sorelle più piccole sapevano che lo stesso destino avrebbe potuto attendere un giorno ciascuna di loro.

Le ragazze volevano fidarsi di Dio, ma per quanto riflettessero sulla loro situazione, ognuna di loro sentiva che i propri sogni stavano per andare in frantumi.

Su suggerimento di Anna Maria, provarono a cantare ancora una volta la loro canzone d'amore preferita, ma le parole non fecero che aumentare la loro tristezza. Non era più una canzone di speranza, ma una canzone di disperazione, e le parole ora sembravano loro impossibili. Anna Maria iniziò a cantare, e poi le altre si unirono a lei:

"Credo che ci sia qualcuno, solo per me, ci deve essere qualcuno che possa essere l'unico amore per me.

"Credo che ci sia qualcuno,

Solo per me,

Ci deve essere qualcuno,

Che possa liberare tutto questo amore dentro di me.

"E so che deve essere là fuori,

Lo sento nella mia anima.

Qualcuno per me che ci tenga davvero,

Che possa finalmente rendermi completa!

"Oh, credo, Oh, credo,

Oh, credo che ci sia qualcuno, oh, credo, oh, credo, oh, credo che ci sia qualcuno, oh, credo, oh, credo, oh, credo che ci sia qualcuno, solo per me, solo per me, solo per me, solo per me, credo, credo, credo, oh, credo!".

Non era solo una canzone, ma una preghiera, una delle preghiere più profonde che Nicholas avesse mai sentito pronunciare da bocca umana. Il suo cuore andava a ciascuna di loro, mentre allo stesso tempo batteva forte per la paura. Aveva un piano e sperava che funzionasse, ma non aveva modo di saperlo con certezza. Non era preoccupato per ciò che gli sarebbe potuto accadere se fosse stato scoperto, ma temeva che il padre avrebbe rifiutato il suo dono se avesse saputo da dove proveniva. Ciò avrebbe sicuramente segnato il destino delle ragazze. Quando Sophia, Cecilia e Anna Maria diedero la buonanotte e il padre spense le luci, Nicholas capì che era giunto il suo momento.

Avvicinandosi lentamente alla finestra aperta della stanza dove avevano cantato, Nicholas si inginocchiò. Lanciò in aria il sacchetto di monete e lo fece passare attraverso la finestra. Il sacchetto descrisse un arco elegante sopra di lui e sembrò rimanere sospeso in aria per un attimo prima di atterrare con un tonfo sordo al centro della stanza. Alcune monete rimbalzarono, tintinnando debolmente sul pavimento, rotolando e poi fermandosi. Nicholas si voltò rapidamente e si nascose nell'oscurità lì vicino, mentre le ragazze e il padre si svegliavano al rumore.

Chiamarono per vedere se c'era qualcuno, ma non ricevendo risposta, entrarono nella stanza da entrambe le direzioni. Quando il padre accese la luce, Anna Maria fu la prima a vederlo e rimase senza fiato.

Lì, al centro della stanza, giaceva una piccola borsa rotonda, che brillava di monete d'oro nella parte superiore. Le ragazze si radunarono intorno al padre mentre lui raccoglieva con cura la borsa e la apriva.

Era oro più che sufficiente per fornire una dote adeguata a Sophia, con un surplus che avrebbe permesso di prendersi cura del resto della famiglia per un bel po' di tempo!

Ma da dove poteva provenire un dono del genere? Le ragazze erano sicure che fosse stato Dio stesso a rispondere alle loro preghiere! Ma il padre voleva saperne di più. Chi aveva usato Dio per consegnarlo? Certamente nessuno che conoscessero. Uscì di corsa dalla casa, seguito dalle figlie, per vedere se riusciva a trovare qualche traccia del mittente, ma non riuscì a trovare nulla.

Tornati dentro, e non avendo nessuno a cui restituire il denaro, le ragazze e il padre si inginocchiarono e ringraziarono Dio per la Sua liberazione.

Mentre Nicola ascoltava nell'oscurità, anche lui rese grazie a Dio, perché era proprio quello che Nicola sperava che facessero. Sapeva che il dono proveniva davvero da Dio, fornito da Dio e dato attraverso Nicola su suggerimento di Dio in risposta alle loro preghiere. Nicola aveva solo dato loro ciò che Dio aveva dato a lui in primo luogo. Nicola non voleva né aveva bisogno di ringraziamenti o riconoscimenti per il dono. Solo Dio meritava la loro lode.

Ma permettendo a Nicholas di essere coinvolto, usando le mani di Nicholas e la sua eredità per benedire gli altri, Nicholas provò una gioia che riusciva a malapena a contenere. Consegnando il dono di persona, Nicholas poté assicurarsi che fosse dato nel modo giusto. E donandolo in modo anonimo, poté assicurarsi che il vero Donatore del dono fosse debitamente riconosciuto.

Il dono fu consegnato e Dio ottenne il merito. Nicholas aveva raggiunto entrambi i suoi obiettivi.

CAPITOLO 23

Sebbene Nicola preferisse compiere le sue opere di carità di nascosto, ci furono momenti in cui, per necessità, dovette agire alla luce del sole. E mentre erano le sue azioni segrete a guadagnargli il favore di Dio, quelle pubbliche lo facevano con gli uomini.

Molte persone apprezzano, giustamente, un cavaliere dall'armatura scintillante, ma non tutti vogliono essere salvati dal male, soprattutto quelli che ne traggono profitto.

Uno di questi uomini era un magistrato di Myra, un leader della città, che non vedeva di buon occhio Nicola e, come lui, chiunque ostacolasse la sua volontà.

Questo magistrato, in particolare, era corrotto e allo stesso tempo corruttibile. Era disposto a fare qualsiasi cosa per ottenere ciò che voleva, a prescindere da quanto costasse agli altri. Benché Nicola fosse già stato in contrasto con lui in diverse occasioni passate, il loro conflitto si inasprì fino a raggiungere il culmine quando il vescovo ricevette la notizia che il magistrato aveva condannato a morte tre uomini per un crimine di cui, lui sapeva, erano innocenti. Non poteva aspettare la copertura del buio; sapeva di dover agire immediatamente per salvare questi uomini dalla morte.

Quel pomeriggio si era intrattenuto con alcuni generali di Roma, la cui nave aveva attraccato nel porto di Myra la sera precedente. Li aveva invitati a casa sua per essere aggiornato sui in corso a Roma. «Un nuovo imperatore sta per essere nominato», dissero: «e le implicazioni potrebbero essere gravi per lei, vescovo, e per tutti i discepoli seguaci di Cristo».

Fu durante il pranzo che Nicola venne a sapere dell'ingiusta condanna e dell'esecuzione imminente. Allora, si mise subito in viaggio. I tre generali, intuendo che all'arrivo di Nicola sarebbero potuti sorgere altri problemi, lo seguirono.

Quando il vescovo irruppe sul luogo dell'esecuzione, i condannati erano già sulla piattaforma. Erano legati e con la testa e il collo piegati, pronti per la spada del boia.

Senza pensare alla propria sicurezza, Nicola saltò sulla piattaforma e strappò l'arma al carnefice. Pur non essendo un combattente, il vescovo si mosse in maniera così inaspettata che il boia non tentò nemmeno di strappargli, a sua volta, l'arma dalle mani.

Nicola sapeva che quegli uomini erano innocenti, quanto il magistrato colpevole. Era certo che dovevano essere state le buone azioni di quegli uomini, non le loro cattive, ad aver offeso il governante. Sciolse le corde che legavano quegli innocenti sotto gli occhi degli astanti, sfidando il boia e il magistrato.

Il governante allora si fece avanti per affrontare Nicola con decisione. Ma mentre lo faceva, anche i tre generali che avevano pranzato con il vescovo si fecero avanti. Uno prese posto alla sinistra di Nicola, un altro alla destra e il terzo si mise proprio di fronte a lui. Prudentemente, il magistrato indietreggiò. Nicola sapeva che era quello il momento di fare pressione su di lui per ottenere la verità.

Anche se cercò di difendersi, le suppliche del magistrato caddero nel vuoto. Nessuno avrebbe più creduto alle sue bugie. Cercò di convincere il popolo che non era stato lui a condannare quegli innocenti, ma altri due uomini d'affari della città gli avevano offerto una tangente per la loro esecuzione. Tuttavia nel tentativo di scaricare la colpa su altri, il governante condannò se stesso a causa dell'avidità del suo cuore.

Nicola dichiarò: «Mi pare di aver capito che non siano stati quei due uomini ad avervi corrotto, signore, ma altri due, i cui nomi sono Oro e Argento!».

Pentito, il magistrato crollò e di fronte al popolo confessò di questo e di tutti gli altri torti commessi, ammise anche di aver parlato male di Nicola, che invece non aveva fatto altro che bene al popolo. Quel giorno il vescovo liberò più di tre prigionieri, e anche il magistrato fu finalmente liberato dalla sua avidità grazie alla sua onesta confessione. Vedendo il cambiamento di cuore del governante, Nicola lo perdonò, conquistando per sempre il suo favore e quello del popolo.

Quando Nicola nacque, i suoi genitori scelsero il suo nome perché in greco significa "vincitore del popolo". Grazie ad azioni come queste, divenne a tutti gli effetti "il vincitore del popolo". Nicola stava già diventando un'icona, anche nel suo tempo.

CAPITOLO 24

Dopo tre mesi dall'aver ricevuto la sua dote inaspettata da Nicola, Sofia ricevette la visita di un pretendente che "faceva proprio al caso suo". Lui era davvero la risposta alle sue preghiere e lei, ora, era felicemente e finalmente sposata.

Due anni dopo, però, anche Cecilia, la sorella minore di Sofia, si trovò in gravi difficoltà. Sebbene Cecilia fosse ormai pronta a sposarsi, gli affari del padre, per quanto lui si sforzasse, non erano migliorati. Quando il denaro che Nicola aveva dato alla famiglia cominciò a venir meno, iniziò a farsi strada la disperazione. L'orgoglio e il dolore avevano ancora una volta accecato il padre di Cecilia ed egli riteneva che l'unica opzione fosse quella di condannare la ragazza a una vita di schiavitù, sperando di salvare la sua terza e ultima figlia da un destino simile.

Sebbene sapessero con certezza che Dio aveva già una volta esaudito le loro preghiere, le circostanze li facevano dubitare che lo avrebbero fatto di nuovo. Un secondo salvataggio, a questo punto, era più di quanto sperare o immaginare.

Nicola, tuttavia, conoscendo la loro situazione molto più intimamente, sapeva che Dio lo stava spingendo a intercedere di nuovo. Erano passati due anni dal suo precedente aiuto, ma in tutto questo tempo la famiglia non aveva mai sospettato, né scoperto, che fosse lui il "salvatore" mandato da Dio.

Man mano che si avvicinava il momento di decidere cosa fare per la famiglia, Nicola sapeva che si approssimava anche il suo momento di agire. E per chiarire che il suo dono doveva essere usato, innanzitutto, per la dote di Cecilia e poi per qualsiasi altra necessità famigliare, aspettò la notte prima che la ragazza fosse venduta come schiava per fare la sua mossa.

Ancora una volta attese l'oscurità, poi, si avvicinò alla loro casa. Cecilia e Anna Maria erano già andate a letto quella sera, ubbidendo al padre che aveva detto loro di non aspettarsi alcun miracolo simile a quello di Sofia. Ma da qualche parte, nel profondo della sua disperazione, il padre conservava ancora un barlume di speranza nel cuore, il desiderio, forse più di ogni altra cosa, che qualcuno si stesse davvero prendendo cura di lui e che le sue preghiere potessero ancora essere esaudite. Con questa speranza, decise di rimanere sveglio e di stare vicino alla finestra, nel caso in cui fosse apparso un angelo, sia esso terreno o celeste.

Nicola sapeva che questo sarebbe potuto accadere e che il padre di Cecilia avrebbe potuto rifiutare il suo dono se avesse scoperto che era stato lui a farlo. Ma sperava anche che, magari, il cuore orgoglioso del padre si fosse un po' ammorbidito e che avrebbe accettato il dono, anche se Nicola fosse stato scoperto.

Vedendo la casa perfettamente silenziosa, Nicola si inginocchiò accanto alla finestra aperta, per poi gettare il secondo sacchetto d'oro nella stanza. Non appena questo toccò terra il padre delle ragazze saltò fuori dalla finestra e superò Nicola mentre cercava di fuggire. Si sarebbe potuto pensare che per come lo inseguiva il padre delle ragazze, il vescovo avesse *preso* un sacchetto d'oro invece di *donarlo*.

Con il timore di aver mandato in fumo tutti i suoi sforzi, il suo cuore si rasserenò quando l'uomo anziché rimproverarlo ringraziò Nicola, senza nemmeno guardare chi aveva catturato. «Per favore, mi ascolti», disse: «Voglio solo ringraziarla. Ha già fatto così tanto per me e per la mia famiglia, che non mi sarei mai aspettato un altro regalo del genere. Ma la sua generosità mi ha aperto gli occhi sull'orgoglio che ho nel cuore - che mi è quasi costato la vita di due figlie».

Il padre delle ragazze aveva parlato trafelato e in fretta per essere certo che lo straniero ascoltasse prima di tentare una nuova fuga. Ma quando alzò lo sguardo e vide che stava parlando proprio con il vescovo Nicola, lo shock sul suo volto fu evidente. Come poteva un vescovo permettersi di fare un regalo così incredibile?

In risposta a questa domanda non pronunciata, Nicola disse: «Sì, sono stato io a consegnarvi questo dono, ma è stato Dio a darmelo perché lo portassi a voi. Non proviene dalla Chiesa e non è frutto della carità delle mie mani. Viene da mio padre, che se l'è guadagnato onestamente con il lavoro delle *sue* mani. Era un uomo d'affari come lei. E se fosse vivo oggi, avrebbe voluto consegnarlo lui stesso. Ne sono certo. Lui, più di tutti, sapeva quanto fosse difficile gestire un'azienda. Inoltre amava la sua famiglia, proprio come lei».

Nicola fece una pausa per fare in modo che le sue parole venissero assimilate, poi continuò: «Ma per favore, per il mio bene e per il bene di Dio, sappia che è stato Dio stesso che ha risposto alle vostre preghiere, perché è così. Lui l'ha fatto. Io sono semplicemente un messaggero per Lui, un fattorino, uno strumento nelle Sue mani, che gli permette di fare attraverso di me ciò che vuole che venga fatto. Per quanto mi riguarda, preferisco fare le mie donazioni in segreto, senza far sapere alla mia mano destra cosa fa la mia mano sinistra».

Lo sguardo di Nicola era così sincero e trasmetteva le sue intenzioni con tale amore e devozione per Colui che serviva, che il padre delle ragazze non poté fare a meno di accettare il dono come se fosse davvero venuto dalla mano di Dio stesso.

Ma mentre si salutavano, le ragazze e il padre non riuscivano a contenere la loro gratitudine nei confronti di Nicola, anche, per aver permesso a Dio di servirsi di lui in un modo così straordinario.

Per quanto Nicola cercasse di deviare le loro lodi verso Dio, era consapevole che aveva un ruolo da svolgere nella loro vita. Sebbene Dio spinga molti a essere generosi, non tutti rispondono a questo stimolo come faceva lui.

Nicola avrebbe atteso di vedere come si sarebbero evolute le vicende della famiglia negli anni successivi, per capire se un suo nuovo intervento anche per Anna Maria fosse necessario.

Tuttavia non ne ebbe mai l'occasione. Il nuovo imperatore alla fine era salito al trono e il corso della sua vita stava per cambiare di nuovo. Anche se Nicola aiutava spesso gli altri, ci furono momenti in cui sembrava, come era successo persino al Salvatore che lui seguiva, non essere in grado di aiutare nemmeno se stesso.

PARTE 5

CAPITOLO 25

Al tempo della nascita di Gesù governava un re che sentendosi minacciato da questo bambino diede l'ordine di uccidere tutti gli infanti fino ai due anni di età di Betlemme e dintorni. Trecentotré anni dopo, anche un altro re si sentiva minacciato da Gesù e dai suoi seguaci.

Questo nuovo re si chiamava Diocleziano, l'imperatore dell'intero Impero Romano. Anche se i Romani avevano ucciso Gesù centinaia di anni prima, Diocleziano si sentiva ancora minacciato dai cristiani, seguaci di Gesù. Si era proclamato un dio e voleva che tutte le persone del suo impero lo adorassero.

Sebbene i cristiani fossero tra i cittadini più rispettosi della legge, non potevano adorare Diocleziano. Agli occhi dell'imperatore si trattava d'insurrezione, un atto che doveva reprimere nella maniera più severa. Quando Diocleziano raggiunse il massimo potere, ordinò di bruciare tutte le Bibbie, di distruggere tutte le chiese cristiane e di imprigionare, torturare e mettere a morte tutti coloro che seguivano Cristo.

Nonostante le persecuzioni contro i cristiani venissero perpetrate da anni sotto l'impero romano, nessuna era paragonabile a quelle che ebbero luogo durante il regno di Diocleziano. Personalmente Nicola non temeva quell'uomo, ma, come sempre, si preoccupava per coloro che nella sua parrocchia seguivano Gesù.

Avendo un ruolo così di spicco, Nicola sapeva che sarebbe stato il primo a essere preso di mira e, se fosse stato portato via, temeva per quello che sarebbe successo a coloro che avrebbe lasciato indietro. Lui, però, aveva già preso la sua decisione. Era certo che, anche se fosse stato ucciso, Dio avrebbe potuto portare a termine il Suo proposito sulla terra, indipendentemente dal fatto che Nicola ne facesse parte o meno. Erano questa fede incrollabile, la fiducia in Dio e nei Suoi propositi che lo avrebbero aiutato a superare i difficili anni a venire.

Piuttosto che nascondersi dal destino certo che lo attendeva, Nicola scelse di rimanere in piedi fino alla fine. Giurò di spalancare le porte della sua chiesa a tutti coloro che volevano entrare. E mantenne questo voto il più a lungo possibile, finché un giorno a entrare furono dei soldati, soldati giunti fino a lì per lui.

CAPITOLO 26

Quando arrivarono i soldati Nicola era pronto. Ormai era tardi per ricredersi sulla decisione di aver tenuto aperta la chiesa. Era giunto al termine anche il tempo della sua parrocchia purtroppo, infatti i soldati la chiusero per sempre.

Visti i buoni rapporti che Nicola aveva intessuto nel corso degli anni con la gente della sua città e anche con i soldati locali, non furono questi ultimi a venirlo a prendere. Diocleziano aveva inviato dei militari con l'ordine improrogabile di eseguire il suo volere, pena lo stesso destino dei condannati.

A Nicola fu concessa un'ultima possibilità di rinunciare alla sua fede in Cristo e di adorare invece Diocleziano, ma lui, ovviamente, rifiutò. Non *voleva* sfidare l'autorità romana, perché Cristo stesso aveva insegnato ai suoi seguaci quanto fosse importante onorare i governanti e rispettare le loro leggi. Tuttavia negare che Gesù fosse il suo Signore e Salvatore sarebbe stato come negare che il sole fosse sorto quella mattina! Semplicemente non poteva farlo. Come poteva negare l'esistenza di Colui che gli aveva dato la vita, che gli aveva dato la fede e che gli aveva dato speranza nelle ore più buie. Se i soldati dovevano portarlo via, lo avrebbe accettato. Dichiarare che un semplice uomo come Diocleziano fosse Dio e che Gesù fosse tutt'altro che Dio, era inconcepibile.

Nonostante la sua fede, Nicola provava dolore come chiunque altro essere umano. Non poteva scampare alla naturale paura dell'essere minacciati di subire un danno fisico. Temeva anche l'idea della prigionia, di dover rimanere isolato per così tanto tempo, soprattutto quando non ne conosceva la durata, o se sarebbe sopravvissuto a essa.

Nicola era consapevole del fatto che queste paure erano sane, venivano da Dio, affinché lo tenessero lontano da qualsiasi pericolo e lo proteggessero da tutto ciò che avrebbe potuto essere dannoso per il suo corpo. Ma ora, mentre Nicola veniva portato via con la forza, avrebbe voluto sopprimere quelle paure.

«Dio, aiutami», esclamò mentre le catene con le quali i soldati lo stavano legando, affondavano nei suoi polsi. Era l'inizio di un nuovo tipo di pellegrinaggio per Nicola - un pellegrinaggio che sarebbe durato molto più a lungo degli anni trascorsi in Terra Santa.

Sarebbe difficile paragonare questi due viaggi in termini di impatto sulla sua vita, infatti, come si potrebbe mettere a confronto un viaggio intrapreso in piena libertà, in cui potevi andare e venire a piacimento, interrompere il viaggio quando volevi, con un viaggio imposto contro la propria volontà, in cui persino avventurarsi per intravedere il sole avveniva sotto il controllo di qualcun altro e non sotto il tuo?

Tuttavia, Nicola scoprì di essere in grado di percepire la presenza di Dio in un modo che eguagliava, se non superava, tutto ciò che aveva sperimentato in Terra Santa. Come aveva imparato da altri credenti, a volte non ci si rende conto che Gesù è tutto ciò di cui abbiamo bisogno finché Gesù non è tutto ciò che abbiamo.

Durante la sua prigionia, ogni volta che la porta della cella di Nicola si apriva, ignorava se le guardie fossero lì per liberarlo o per condannarlo a morte. Non sapeva mai se quello era il suo ultimo giorno. Nonostante la sua incertezza, Nicola acquisì un'acuta consapevolezza della brevità della vita, così come una continua coscienza della presenza di Dio.

Scoprì che chiudendo gli occhi era in grado di percepire la Sua presenza come mai prima di allora. Questa cella non era più una prigione, era un santuario. E tutto ciò che desiderava era rimanere alla presenza di Dio il più a lungo possibile. Ben presto, Nicola non ebbe più nemmeno bisogno di chiudere gli occhi.

Semplicemente sapeva di essere sempre alla presenza del Signore.

Naturalmente, il periodo trascorso in prigione fu anche pieno del dolore più acuto che si potesse mai provare nel peggior tipo di inferno terrestre. I soldati erano spietati nel tentativo di convincere Nicola a rinunciare alla sua fede. Le sofferenze che gli infliggevano andavano dal pungolo con ferri incandescenti, allo spremere la sua carne con tenaglie roventi, fino alle frustate più dure, versandogli poi sale e aceto sulle ferite. Come conseguenza, la sua schiena rimase permanentemente segnata. Le condizioni igieniche della prigione contribuirono a fare in modo che Nicola sperimentasse più malattie di quante ne avesse già avuto. A volte arrivava a chiedersi se la morte non fosse migliore di ciò che era obbligato a sopportare lì.

Fu durante uno di quei periodi, il più buio, di tutti e cinque gli anni trascorsi da recluso, che la porta della cella si aprì. Entrò una luce, ma da vicino, non era la luce del sole, poiché per quanto Nicola potesse vedere nella sua cella isolata, era ancora notte fonda.

La luce che entrava nella stanza era quella di un sorriso, un sorriso sul viso del giovane amico di Nicola, ormai cresciuto e diventato uomo. Era la luce del viso sorridente di Demetrio.

CAPITOLO 27

Nicola aveva visto pochi volti durante la sua permanenza in prigione, e ne aveva visti ancora meno che lo incoraggiassero in qualche modo. Vedere un sorriso sul viso di qualcuno, per di più un viso così caro a Nicola, era pura gioia.

Non era stato facile per Demetrio trovare Nicola. Era venuto a Myra sapendo che Nicola aveva preso una chiesa lì. Ma erano passati anni da quando aveva avuto notizie dall'amico, un periodo in cui lui stesso era stato imprigionato. Demetrio, da poco liberato, attraversò quindi il Grande Mare alla ricerca di Nicola. Dovette cercare a lungo, tuttavia aveva viaggiato troppo per arrendersi senza riuscire a vedere il suo vecchio amico e mentore, la prima persona che gli aveva mostrato l'amore di Cristo.

Esercitando l'abilità di strada acquisita quando faceva la guida in Terra Santa, Demetrio era in grado di aggirare la maggior parte delle persone o delle cose che lo ostacolavano. La sua tenacia, unita alla guida di Dio, lo aiutarono a scovare il suo amico, e a trovare la porta che aprì quella sera, per quella visita speciale. Per Nicola, fu come la visita di un angelo celestiale.

Dopo che la porta si richiuse alle loro spalle e dopo un lungo abbraccio, Demetrio si sedette sul pavimento accanto a Nicola. Rimasero in silenzio per diversi minuti, senza che nessuno dei due pronunciasse una parola. In momenti sacri come questi, le parole erano superflue.

L'oscurità nella piccola cella era tale da non permettere loro di vedersi, ma rimasero seduti l'uno accanto all'altro, semplicemente. Gli occhi di Demetrio non si erano ancora adattati al buio pesto tanto da poter vedere qualcosa, e Nicola si accontentò di sapere che l'amico era lì accanto a lui. Riusciva a sentire il suono del respiro di Demetrio, un suono che accresceva la sua gioia, sapendo che il suo amico era ancora vivo ed era proprio lì, in carne e ossa.

Nicola fece un altro respiro profondo e con esso inspirò un nuovo senso di vita. Era un soffio di vita che il suo amico non poteva fare a meno di portare con sé.

CAPITOLO 28

«E come stanno le nostre due giovani guardie del corpo?» chiese Nicola, riferendosi a Samuele e Rut. Aveva pregato spesso per tutti e tre, poiché li amava come se fossero suoi giovani fratelli e sorelle.

Demetrio esitò. Guardò Nicola ma non riuscì a dire una parola. Era ansioso di raccontargli tutto quello che era successo negli ultimi anni, di come Samuele e Rut continuassero a portare le persone nei luoghi santi, condividendo con tutti la stessa buona notizia di Gesù che avevano scoperto nei giorni trascorsi con Nicola.

Come Demetrio, anche Samuele e Rut dovettero smettere di fare da guida ai pellegrini quando iniziò la "Grande Persecuzione", come la chiamavano ora. Tutti e tre iniziarono a trascorrere la maggior parte delle loro giornate occupandosi delle necessità degli altri credenti di Gerusalemme, credenti che rischiavano il carcere e la morte, proprio come Nicola. Non avendo una posizione di rilievo come il vescovo, però, i tre riuscirono a evitare la cattura per più tempo. Alla fine, però, anche loro furono imprigionati, ripetutamente interrogati, minacciati e torturati per la loro fede.

Samuele e Demetrio erano abbastanza forti da sopportare gli abusi, ma Rut era troppo fragile. Un giorno, dopo essere stata maltrattata con particolare durezza, tornò da loro e crollò. Sebbene avesse ovviamente pianto per il dolore corporale infertole, in qualche modo sembrava essere riuscita a mantenere un sorriso nel cuore.

«Come fai?», chiese Samuele. «Come fai a sorridere ancora, anche dopo tutto questo?».

Rut rispose: «Sento che sto camminando e parlando con Gesù da così tanto tempo, che nemmeno la morte cambierebbe le cose. Continuerò a camminare e a parlare con Lui per sempre».

Rut sorrise di nuovo e Demetrio non poté fare a meno di contraccambiare. Ma il suo corpo stava per cedere e lei lo sapeva. Poteva percepire che mancava poco al passaggio da questa, all'altra vita.

«Non puoi andare!», disse Samuele. «Devi rimanere qui con me! C'è ancora troppo lavoro da fare!». Ma Rut stava scivolando via.

«Se muori, pregherò che Dio ti riporti in vita!». Samuele era così disperato da aggrapparsi a lei. Rut si limitò a sorridergli di nuovo. Era davvero riuscita a trovare il segreto per vivere la vita al massimo e niente, nemmeno la morte, poteva portarglielo via.

Parlò, ora a bassa voce, con un sussurro. «Potreste pregare che Dio mi resusciti dalla morte, ma la verità è che lo ha già fatto una volta. Quando abbiamo incontrato Nicola e lui ci ha fatto conoscere Gesù, io sono risuscitata dai morti e mi è stata data una nuova vita. Da quel momento ho capito che avrei vissuto per sempre».

Con queste parole, Rut oltrepassò il velo per andare alla presenza visibile di Dio. Il sorriso che adornava il suo viso in vita continuò a risplendere anche nella morte e Demetrio sapeva dove si trovava. Stava solo continuando a fare quello che aveva sempre fatto, camminare e parlare con Gesù, ora però, faccia a faccia.

Nicola rimase in silenzio mentre Demetrio gli raccontava la storia, ascoltandolo assorto. Per quanto pensasse di essere triste, il suo cuore cominciò invece a battere di nuovo. Niente di tutto questo era nuovo per lui, naturalmente, ma all'ascoltare di Rut, la sua fede cominciò a rivivere.

Si potrebbe pensare che un uomo come Nicola non avesse bisogno di essere incoraggiato. Aveva condotto alla fede innumerevoli altre persone ed era addirittura un vescovo. Tuttavia Nicola, in cuor suo, sapeva anche che erano proprio le persone come lui che, a volte, avevano più bisogno di essere incoraggiate nella loro fede. La grande fede, sapeva, non la otteneva chi non aveva dubbi. La grande fede la ottenevano coloro che l'avevano tesa così tanto da dover crescere, altrimenti si sarebbe spezzata del tutto. Continuando a fidarsi di Dio a prescindere da ogni cosa, Nicola scoprì che era in grado di colmare le lacune della sua fede lungo il cammino, aiutandola a crescere ulteriormente.

Per quanto fosse triste per la scomparsa di Rut, Nicola non poté fare a meno di sorridere dal profondo del suo cuore, come doveva aver fatto Rut il giorno della sua morte. Bramava il giorno in cui avrebbe visto Gesù faccia a faccia, proprio come lo stava facendo Rut. Amava, tuttavia, anche il lavoro che Dio gli aveva affidato sulla terra.

«Non possiamo perdere, vero?», disse Nicola con un sorriso mentre rifletteva. «O moriamo e andiamo a stare con Gesù in cielo, oppure viviamo e continuiamo la Sua opera sulla terra. In entrambi i casi siamo vincitori, no? In entrambi i casi siamo vincitori».

«Sì, in entrambi i casi siamo vincitori», gli fece eco Demetrio. «In entrambi i casi siamo vincitori».

Nelle ore successive, Nicola e Demetrio si raccontarono le storie di ciò che Dio aveva fatto nella loro vita durante il periodo in cui erano stati lontani. Ma nulla avrebbe potuto preparare Nicola a ciò che Demetrio stava per dirgli. Infatti a quanto pare, aveva incontrato una ragazza. E non una ragazza qualsiasi, ma una ragazza che Nicola conosceva molto bene ormai. Il suo nome era Anna Maria.

CAPITOLO 29

Nel suo viaggio alla ricerca di Nicola, Demetrio parlò con chiunque potesse sapere dove si trovasse. Giunto a Myra, si recò innanzitutto nella chiesa in cui Nicola aveva prestato servizio come vescovo. Non trovandolo, si mise in strada per vedere se riusciva a trovare qualcuno che sapesse qualcosa di lui. E chi trovò per strada, se non la stessa ragazza - ora donna - che Nicola aveva trovato tanti anni prima, mentre vendeva i suoi fiori intrecciati a chiunque li volesse?

Non era più coperta dal mantello della povertà. La sua bellezza interiore ed esteriore saltò subito agli occhi di Demetrio, che ne fu così affascinato da non poter fare a meno di iniziare una conversazione. E lei sembrava altrettanto presa da lui. Non riusciva a credere che un uomo della sua statura e della sua fede fosse disposto a parlare con lei. Pensava che fosse l'uomo più gentile e incredibile mai incontrato prima.

Quando Demetrio menzionò la sua missione, la ricerca del vescovo di nome Nicola, Anna Maria sussultò. Come poteva questo straniero proveniente dall'altra sponda del Grande Mare, conoscere Nicola? Demetrio raccontò la storia di come si fossero conosciuti e di come Nicola lo avesse salvato dalla sua povertà di fede. Anna Maria, allora, non poté fare a meno di condividere ciò che Nicola aveva fatto anche per la sua famiglia, salvando le sue due sorelle maggiori dalla schiavitù grazie a un sacchetto d'oro per ciascuna di loro, tirato attraverso la finestra, alla vigilia del loro 18° compleanno.

Poi, però, il sorriso di Anna Maria si spense. Mancavano pochi giorni al suo diciottesimo compleanno, ma Nicola era stato arrestato cinque anni prima. Nessuno l'aveva più né visto, né sentito in quegli anni. Nemmeno lei sapeva dove fosse. Anche se suo padre aveva cambiato idea e non si sarebbe mai azzardato a venderla, non aveva comunque ancora una dote da offrire a un potenziale pretendente. Senza quella, come anche Demetrio sapeva bene, il futuro di Anna Maria era incerto. E con Nicola in prigione, non c'era alcuna possibilità che la loro famiglia venisse salvata una terza volta. Anna Maria aveva ripreso a vendere i fiori per strada e, sebbene fossero più d'impatto rispetto alle sue precedenti creazioni, riusciva a malapena a guadagnare abbastanza per aiutare la famiglia, di tanto in tanto, a comprare da mangiare.

Demetrio ascoltò e, come Nicola prima di lui, capì in pochi minuti cosa Dio desiderava che facesse. Poteva essere lui la risposta alle preghiere di Anna Maria, e con molto di più di una semplice dote. Ma sapeva anche che queste cose richiedevano tempo, così si limitò a custodire questi pensieri nel suo cuore; comprò un fiore da Anna Maria, la ringraziò per aver condiviso con lui ciò che sapeva di Nicola, poi continuò per la sua strada, promettendole di mettersi in contatto con lei se avesse mai trovato il loro prezioso amico.

Alla vigilia del compleanno di Anna Maria, Demetrio si ritrova nel posto in cui Nicola si era già nascosto due volte, anni prima, appena fuori dalla finestra aperta della casa della giovane. La conversazione all'interno era sommessa, mentre Anna Maria e suo padre pregavano, questa volta consapevoli che non c'era modo per Nicola di apparire di nuovo. Spensero le luci e si diressero a letto.

Demetrio aspettò per quelle che gli sembrarono ore, sapendo che non poteva svegliarli e rischiare di svelare il suo piano. In effetti, aveva risparmiato abbastanza negli anni di lavoro in Terra Santa da riempire facilmente una borsa di monete d'oro e costituire una dote. Ma non poteva semplicemente consegnare loro il denaro, perché aveva in mente qualcosa di diverso. Voleva che il padre di Anna Maria, un giorno, gli restituisse quella somma come regalo di nozze! Era un'ipotesi azzardata e sapeva che avrebbe avuto bisogno di più tempo per essere certo che Anna Maria fosse la donna giusta per lui. Ma sentiva, anche, che questo era il modo migliore per far funzionare le cose alla fine, sebbene lei potesse non essere la donna giusta per lui. Qualcosa gli diceva, però, che lo era. E con questo pensiero in mente, fece la sua prossima mossa.

Con cautela e in silenzio, si avvicinò al davanzale della finestra e lasciò cadere la borsa sul pavimento, cercando di non far rumore. Nessuno sentì e nessuno si mosse. Una volta compiuto il suo dovere verso Dio e verso il suo cuore, ripartì alla ricerca del vescovo. Due settimane dopo, Demetrio aveva trovato Nicola e stava condividendo con lui la storia di come aveva incontrato la donna dei suoi sogni

La notizia non sarebbe potuto essere più dolce alle orecchie di Nicola. E ancora una volta, il suo cuore si alleggerì e si sollevò, infatti anche se era chiuso in cella, Nicola riusciva a vedere il frutto delle sue preghiere, esaudite in maniera inimmaginabile. Poteva ancora fare la differenza nel mondo, anche da qui, in prigione, anche quando il mondo cercava di spegnerlo.

Prima di andarsene quella sera, Demetrio abbracciò Nicola ancora una volta; poi si ritirò. Scomparve attraverso la porta della prigione con la stessa miracolosità con cui vi era entrato.

Sarebbero passati altri cinque anni prima che Nicola rivedesse Demetrio. La morsa di Dioclezziano continuava a stringere il collo dei cristiani. Ma durante tutti gli anni che rimase in carcere, Nicola si sentì più libero nel suo cuore di quanto si fosse mai sentito prima. Nessun uomo poteva impedirgli di adorare Gesù e nessun uomo poteva impedire a Gesù di fare ciò che voleva.

Quando arrivò finalmente il giorno in cui Nicola fu liberato, la guardia che aprì la porta si affacciò e gli disse: «È ora di andare. Sei libero».

Nicola si limitò a sorridere alla guardia. Lui era già libero, da tempo.

CAPITOLO 30

Pensando che Nicola non lo avesse sentito, la guardia parlò di nuovo. «Ho detto sei libero, sei libero di andare. Ora puoi alzarti e andare a casa». Alla parola "casa", Nicola si commosse. Non aveva visto la sua casa, né la sua chiesa, né quasi nessun'altra anima se non Demetrio, da dieci anni. Si alzò in piedi e i suoi movimenti accelerarono mentre rispondeva alle parole della guardia.

«Casa?» ripeté Nicola.

«Sì, a casa. Puoi andare a casa adesso. L'imperatore ha emanato un decreto che ha reso liberi tutti i cristiani».

Era un nuovo imperatore di nome Costantino, quello a cui si riferiva. Gli sforzi di Diocleziano non erano riusciti a piegare i cristiani. Invece di spegnere i loro spiriti, Diocleziano li aveva rafforzati. Come Nicola, coloro che non furono uccisi si rafforzarono nella fede. E quanto più forti crescevano nella fede, tanto più aumentava la loro influenza, che portava a nuove conversioni tra i cittadini che li circondavano. Persino la moglie e la figlia di Diocleziano si erano convertite al cristianesimo.

Diocleziano si dimise dal suo incarico e lasciò posto a Costantino.

Il nuovo imperatore mise fine alla persecuzione dei cristiani emanando l'Editto di Milano. Questo decreto garantiva una nuova tolleranza verso le persone di tutte le religioni e portò la libertà ai cristiani. Elena, la madre di Costantino, era una devota cristiana e sebbene nessuno sapesse se anche l'imperatore fosse cristiano, la tolleranza dimostrata permise alla gente di adorare chi voleva e come voleva, come avrebbe dovuto essere da sempre.

Se Diocleziano aveva cambiato il mondo romano in peggio, Costantino lo stava cambiando in meglio. I loro regni erano diversi come il giorno e la notte e dimostravano come una sola persona potesse davvero influenzare il corso della storia per sempre, nel bene e nel male.

Nicola era consapevole, ora più che mai, di avere solo una vita da vivere. Ma era anche consapevole che, se l'avesse vissuta nel modo giusto, una vita sarebbe stata abbastanza. In cuor suo decise, ancora una volta, di fare del suo meglio per sfruttare il più possibile ogni giorno, a partire da oggi.

Una volta condotto dalla prigione alla città di Myra, non per caso pensò, il primo volto che vide fu quello di Anna Maria.

La riconobbe immediatamente. Ma i dieci anni di prigionia di Nicola e il logorio della sua vita, le resero difficile riconoscerlo altrettanto rapidamente. Non appena, però, vide il suo sorriso, capì che si trattava del suo caro e vecchio amico Nicola. Certo, era Nicola! Ed era vivo, proprio lì davanti a lei!

Non riusciva a muoversi, dallo shock. Due bambini erano accanto a lei e guardavano la madre, poi l'uomo che ricambiava il suo sguardo. Eccolo, colui che aveva fatto tanto per lei e per la sua famiglia. La sua gioia era incontenibile. Con un richiamo alle spalle, Anna Maria gridò: «Demetrio! Demetrio! Vieni subito! C'è Nicola!». Poi si precipitò verso Nicola, per abbracciarlo e tenerlo stretto. Demetrio uscì da un negozio, vide Nicola e Anna Maria e si precipitò anche lui verso di loro, prendendo in braccio i bambini mentre correva.

Ora tutta la famiglia abbracciava Nicola come se fosse un fratello o un padre o uno zio appena tornato dalla guerra. Le lacrime e i sorrisi sui loro volti diventarono una cosa sola. L'uomo che aveva salvato Anna Maria e la sua famiglia da un destino peggiore della morte, era stato, anche lui, risparmiato dalla morte! Persino Demetrio sorrise da un orecchio all'altro, nel riabbracciare il suo buon amico e nel vedere quanto Nicola fosse felice di incontrare lui e Anna Maria insieme alla loro nuova famiglia.

Nicola prese i volti di ciascuno di loro, uno alla volta, e li guardò profondamente negli occhi. Poi strinse i bambini a sé. I semi che aveva piantato anni prima nella vita di Demetrio e Anna Maria stavano ancora dando frutti, frutti che ora poteva vedere con i suoi occhi. Tutti i suoi sforzi erano valsi la pena, e niente come il sorriso sui loro volti avrebbe potuto renderglielo più chiaro.

Nei giorni e nelle settimane a venire, Nicola e gli altri credenti liberati fecero esperienze simili in tutta Myra. Quei giorni furono come una lunga e continua riunione tra familiari e amici. Nicola, così come gli altri sopravvissuti alla Grande Persecuzione, a chi lo incontrava doveva sembrare come Lazzaro, quando Gesù gli ordinò di uscire dalla tomba: un uomo morto, ma che ora era vivo. E come Lazzaro, questi cristiani, non solo erano vivi, ma avevano portato a Cristo molte altre persone grazie a una fede che, ora, si era infuocata in un modo del tutto nuovo. Ciò che di male aveva compiuto Diocleziano, Dio lo aveva usato per il bene. Questo nuovo contingente di cristiani era emerso con una fede più forte che mai.

Nicola sapeva che il suo nuovo livello di fede, come tutti i buoni doni di Dio, gli era stato dato con uno scopo. Per quanto grandi fossero state le prove che Nicola aveva affrontato fino a quel momento, Dio lo stava preparando per una ancora più difficile.

PARTE 6

CAPITOLO 31

«E dopo tutti questi anni non glielo hai ancora detto?» chiese Nicholas a Dimitri. Erano passati dodici anni da quando Nicholas era uscito di prigione, e stavano parlando della borsa d'oro che Dimitri aveva lanciato nella finestra aperta di Anna Maria cinque anni prima.

«Non me l'ha mai chiesto», rispose Dimitri. «E anche se le dicessi che sono stato io, non mi crederebbe. È convinta che sia stato tu. "

"Ma come avrei potuto, quando sapeva che ero in prigione?" Era una conversazione che avevano già avuto in passato, ma Nicholas la trovava ancora incredibile. Dimitri insisteva nel mantenere segreto il suo gesto, proprio come aveva fatto Nicholas ogni volta che era stato possibile.

'Inoltre', aggiunse Dimitri, "ha ragione. Sei stato davvero tu a ispirarmi a farle quel regalo, dato che avevi già donato alla sua famiglia due sacchi d'oro in modo simile. Quindi, in senso stretto, è stato proprio un tuo gesto".

Nicholas dovette ammettere che il ragionamento di Dimitri aveva una sua logica. "Ma non è stato nemmeno un mio gesto. È stato Cristo a ispirarmi".

A quel punto Dimitri ammise: «E fu Cristo a ispirare anche me. Credimi, Anna Maria lo sa bene quanto chiunque altro. La sua fede è più profonda che mai. Da quando ti ha incontrato, continua a rendere grazie a Dio per ogni cosa».

E con questo, Nicholas fu soddisfatto, purché alla fine fosse Dio a ricevere il merito. Perché, come Nicholas aveva insegnato a Dimitri anni prima, non c'è nulla che abbiamo che non provenga prima da Dio.

Cambiando argomento, Nicholas disse: «Sei sicuro che a lei non dispiacerà che tu stia via per tre mesi? Posso sempre trovare qualcun altro che mi accompagni».

«È completamente e assolutamente felice che io venga con te», disse Dimitri. «Sa quanto sia importante per te e sa quanto significhi anche per me. Non me lo perderei per nulla al mondo».

Stavano discutendo dei loro piani per partecipare al Concilio di Nicea quell'estate. Nicholas era stato invitato su richiesta speciale dell'imperatore e ogni vescovo poteva portare con sé un assistente personale. Nicholas lo chiese a Dimitri non appena ricevette l'invito.

Il Concilio di Nicea sarebbe stato un evento straordinario. Quando Nicola aprì per la prima volta la lettera che lo invitava a partecipare, non riuscì a crederci. Tante cose erano cambiate nel mondo da quando era uscito di prigione dodici anni prima.

Eppure eccola lì, una convocazione dell'imperatore romano a presentarsi davanti a lui nel periodo pasquale. L'unica convocazione che un vescovo avrebbe potuto ricevere sotto l'imperatore Diocleziano sarebbe stata un invito a un'esecuzione: la sua! Ma sotto la guida di Costantino, la vita dei cristiani era cambiata radicalmente.

Costantino non solo aveva firmato l'editto che richiedeva una vera tolleranza nei confronti dei cristiani, che portò alla loro liberazione dalla prigione, ma aveva anche iniziato a restituire loro le proprietà che erano state confiscate sotto il suo predecessore. Costantino stava persino iniziando a finanziare la costruzione e la riparazione di molte delle chiese che erano state distrutte da Diocleziano. Era l'inizio di una nuova ondata di grazia per i cristiani, dopo una persecuzione così intensa.

Come ulteriore segno del nuovo sostegno di Costantino alla causa del cristianesimo, egli aveva convocato un raduno di oltre 300 vescovi tra i più importanti del paese. Questo raduno avrebbe avuto due scopi per Costantino: avrebbe unificato la chiesa all'interno dell'impero precedentemente frammentato e non avrebbe compromesso le sue speranze di riportare l'unità in tutto il paese. In qualità di leader del popolo, Costantino affermò che era sua responsabilità provvedere al loro benessere spirituale. Pertanto, si impegnò a partecipare e a presiedere personalmente questo storico concilio. Si sarebbe tenuto nella città di Nicea, a partire dalla primavera di quell'anno e sarebbe durato diversi mesi fino all'estate.

Quando Nicola ricevette l'invito, lodò silenziosamente Dio per il cambiamento di direzione del suo mondo. Sebbene la Grande Persecuzione avesse rafforzato la fede di molti di coloro che erano sopravvissuti, quella stessa persecuzione aveva avuto un impatto negativo sulla capacità di molti altri, limitando gravemente la loro capacità di insegnare, predicare e raggiungere coloro che li circondavano con il messaggio di Cristo che cambiava la vita.

Ora quelle barriere erano state rimosse, con il sostegno e l'approvazione dello stesso imperatore. Le uniche barriere che rimanevano erano quelle nei cuori e nelle menti di coloro che avrebbero ascoltato la buona novella e avrebbero dovuto decidere da soli cosa farne.

Per quanto riguarda Nicola, la sua influenza e il rispetto di cui godeva a Myra e nella regione circostante erano cresciuti. La sua grande ricchezza era scomparsa da tempo, poiché ne aveva dato via la maggior parte quando aveva visto arrivare la Grande Persecuzione, e ciò che era rimasto era stato scoperto e saccheggiato mentre era in prigione. Ma ciò che aveva perso in ricchezza lo aveva compensato in influenza, poiché il suo cuore e le sue azioni erano ancora orientati alla generosità, indipendentemente da ciò che aveva o non aveva da dare. Dopo aver dato così tanto di sé alle persone che lo circondavano, era naturale che fosse tra coloro che furono scelti per partecipare al prossimo concilio. Si sarebbe rivelato uno degli eventi più importanti della storia, per non parlare di uno dei più memorabili della sua vita, ma non necessariamente per un motivo che avrebbe voluto ricordare.

CAPITOLO 32

Sebbene i cristiani godessero di un nuova forma di libertà sotto Costantino, il futuro del cristianesimo era ancora a rischio. Le minacce non provenivano più dall'esterno della Chiesa, ma dal suo interno. Nei ranghi della Chiesa in crescita cominciarono a sorgere delle fazioni, con intense discussioni su vari temi teologici con implicazioni molto pratiche.

In particolare, un gruppo molto ristretto, ma molto attivo, guidato da un uomo di nome Ario, aveva iniziato ad attirare l'attenzione delle persone, mettendo in dubbio che Gesù fosse effettivamente divino.

Gesù era solo un uomo? Oppure era, realmente, un tutt'uno con Dio nella sua stessa essenza? Per uomini come Nicola e Demetrio, la questione era difficilmente discutibile, perché avevano dedicato tutta la loro vita a seguire Gesù come loro Signore. Avevano rischiato tutto per seguirlo in parole e opere. Egli era il loro Signore, il loro Salvatore, la loro Luce e la loro Speranza. Come per molti altri che avrebbero preso parte al Concilio, non erano le vesti o gli abiti che indossavano a testimoniare la loro fede in Cristo, ma le cicatrici e le ferite che portavano sulla loro pelle per aver sofferto per Lui. Minacciati di morte, avevano rischiato la vita in virtù della loro fede in Cristo come divino, e non dell'imperatore Diocleziano. Non vi era alcun dubbio sulla questione per loro. Tuttavia c'erano ancora alcuni che, come Ario, ritenevano che questa fosse una questione da discutere.

Ario era animato dallo zelo di vedere la gente adorare un solo Dio, non poteva concepire che un uomo, anche se buono come Gesù, fosse tutt'uno con Dio senza bestemmiare il nome stesso di Dio. In questo, non era poi così diverso da coloro che avevano perseguitato Gesù mentre era ancora in vita. Persino alcuni che avevano vissuto allora, avevano assistito ai suoi miracoli con i propri occhi e avevano ascoltato le parole di Gesù con le proprie orecchie, non riuscirono a capire che Gesù dicesse il vero nell'affermare: «Io e il Padre siamo uno». E per questo portarono Gesù da Erode e poi da Pilato, per farlo crocifiggere.

Da ragazzo, Nicola si era interrogato sulle affermazioni di Gesù. Ma quando si trovò a Betlemme, alla fine, tutto acquisì un senso - che Dio stesso era sceso dal cielo sulla terra come essere umano, per farsi carico dei peccati del mondo una volta per tutte, come Dio in carne e ossa.

Ario, tuttavia, era come l'apostolo Paolo quando ancora non aveva incontrato Gesù sulla via di Damasco. Prima dell'esperienza che gli cambiò la vita, l'apostolo voleva proteggere ciò che sentiva essere la divinità di Dio, perseguitando tutti coloro che adoravano Gesù come Dio. Infatti, secondo Paolo, nessun uomo poteva considerarsi un tutt'uno con Dio.

Come Ario, Paolo non poteva credere alle affermazioni di Gesù e dei suoi seguaci. Sulla via di Damasco, però, mentre si stava dirigendo pieno di zelo a cercare e uccidere i cristiani, Paolo incontrò il Cristo vivente in una visione che lo accecò fisicamente, ma lo risvegliò alla Verità, in spirito. Nei giorni successivi, gli occhi di Paolo guarirono e lui si pentì dei suoi vani sforzi. Si fece battezzare nel nome di Gesù e da allora iniziò a predicare che Gesù non era solo un uomo, ma che le Sue affermazioni in cui dichiarava di essere uno con il Padre erano assolutamente vere. Paolo offrì la sua vita in adorazione e servizio a Cristo, e dovette sopportare, come Nicola, la prigionia e la minaccia costante di morte a causa della sua fede.

Ario era più simile ai leader religiosi del tempo di Gesù che, pieni di zelo per difendere Dio, crocifissero il Signore di tutta la creazione. Si sentiva giustificato nel cercare di ottenere l'appoggio dei vescovi riguardo la sua posizione.

Nicola e Demetrio non pensavano che le sue idee potessero raccogliere molti sostenitori. Tuttavia, si accorsero ben presto che il carisma personale di Ario e le sue eccellenti capacità oratorie avrebbero potuto esercitare un certo ascendente su alcuni vescovi che ancora non avevano considerato le sue idee e le sue conseguenze.

Nicola e Demetrio, invece, come l'apostolo Paolo, l'apostolo Giovanni e decine di migliaia di altri nel tempo trascorso da quando Gesù visse, morì e risuscitò dai morti, avevano scoperto che Gesù era, fortunatamente e soprannaturalmente, del tutto umano ma anche del tutto divino.

Ma a che conclusione sarebbero arrivati gli altri vescovi? E quale verità avrebbero insegnato alle innumerevoli generazioni a venire? Questa sarebbe diventata una delle questioni cruciali che dovevano essere determinate nella riunione di Nicea. Sebbene Nicola fosse interessato a questo dibattito, non aveva idea che stava per giocare un ruolo chiave nel suo esito.

CAPITOLO 33

Dopo una grandiosa processione di vescovi e sacerdoti, un coro di chierichetti e le parole di apertura di Costantino, uno dei primi argomenti affrontati al concilio fu proprio quello di Ario: se Gesù Cristo fosse o meno divino. L'uomo espose le sue argomentazioni con grande eloquenza e persuasione alla presenza di Costantino e del resto dell'assemblea. Gesù, sosteneva, era forse il primo di tutti gli esseri creati. Ma essere coetaneo di Dio, uno nella sostanza e nell'essenza con Lui, era impossibile, almeno secondo Ario. Nessuno può essere uno con Dio, affermava.

Nicola ascoltava in silenzio, insieme agli altri vescovi presenti in quell'immensa sala. Il rispetto per l'oratore, soprattutto in presenza dell'imperatore, prevaleva su qualsiasi tipo di borbottio o disturbo che potesse accompagnare altri tipi di incontri come questo, specialmente su un argomento di tale intensità. Ma più a lungo Ario parlava, più diventava difficile per il vescovo rimanere in silenzio.

Dopo tutto, i genitori di Nicola avevano dato la loro vita in virtù del servire Cristo, il loro Signore. Nicola stesso era stato sopraffatto dalla presenza di Dio a Betlemme, proprio nel luogo in cui Dio fece la sua prima apparizione come Uomo in carne e ossa. Demetrio, Samuele e Rut erano stati colpiti in modo simile da quella visita a Betlemme. Avevano camminato sulla collina di Gerusalemme dove il Re dei re era stato messo a morte dai capi religiosi - capi che, proprio come Ario, dubitavano delle affermazioni di Gesù sul Suo essere uno con Dio.

Nicola aveva sempre saputo che Gesù era diverso da qualsiasi altro uomo che fosse mai esistito. E dopo essere morto, Gesù era risorto, era apparso ai dodici discepoli e in seguito anche a più di cinquecento persone che vivevano a Gerusalemme a quel tempo. Che tipo di uomo poteva fare una cosa del genere? Era solo un'allucinazione di massa? Era solo un'illusione da parte di fanatici religiosi? Ma non si trattava di semplici fan, bensì di seguaci disposti a rinunciare anche alla propria vita per il loro Signore e Salvatore.

Le argomentazioni continuavano a scorrere nella testa di Nicola. Il profeta Michea non aveva forse previsto, centinaia di anni prima della nascita di Gesù, che il Messia sarebbe stato "dai tempi antichi, dai giorni eterni"? L'apostolo Giovanni aveva detto che Gesù "in principio era con Dio", concludendo che Gesù "era Dio".

Come altri avevano cercato di suggerire, Ario disse che Gesù non aveva mai affermato di essere Dio. Ma Nicola conosceva le Scritture abbastanza bene da sapere che Gesù aveva detto: «Io e il Padre siamo una cosa sola. Chi ha visto me, ha visto il Padre... Non credi che io sono nel Padre e che il Padre è in me?». Anche i detrattori di Gesù, all'epoca in cui visse, dissero che il motivo per cui volevano lapidarlo era perché affermava di essere Dio. Le Scritture dicono che un giorno lo misero alle strette e Gesù disse loro: «Io vi ho fatto vedere molte buone opere da parte del Padre mio; per quali di esse mi lapidate?». Gli risposero: «Noi non ti lapidiamo per nessuna opera buona, ma per bestemmia, e perché tu che sei uomo ti fai Dio».

Gesù aveva di sicuro affermato di essere Dio, una dichiarazione che lo aveva messo in difficoltà più di una volta. Ciò dimostrava che o era un pazzo, un bugiardo, oppure diceva la verità.

La mente di Nicola era piena di passaggi come questi, oltre che di ricordi degli anni in prigione, anni che non avrebbe mai più riavuto, e tutto perché non era disposto ad adorare Diocleziano come Dio, ma era pienamente disposto ad adorare Gesù come Dio. Come poteva rimanere in silenzio e lasciare che Ario continuasse a parlare così?

Come potevano tutti gli altri nella stanza sopportarlo, pensava? Nicola non capiva.

«Non c'era nulla di divino in lui». Ario disse con convinzione. «Era solo un uomo, come tutti noi».

Senza preavviso e senza altra esitazione, Nicola si alzò. Poi i suoi piedi, come se avessero mente propria, cominciarono a camminare deliberatamente e con cautela attraverso l'enorme sala verso Ario. Ario continuò a parlare finché Nicola non si trovò di fronte a lui.

L'oratore allora si fermò. Una violazione del protocollo simile non aveva precedenti.

Nel silenzio che seguì, Nicola voltò le spalle ad Ario e si abbassò la tunica sulla schiena, rivelando le orrende cicatrici che si era procurato in prigione. Nicola disse: «Non me le sono fatte "solo per un uomo"».

Voltandosi di nuovo verso Ario e affrontandolo di petto, Nicola vide il sorriso compiaciuto tornare sul volto del presbitero che disse: «Beh, sembra che tu ti sia sbagliato». Poi riprese il suo discorso come se nulla fosse.

In quel momento Nicola fece l'impensabile. Senza altro pensiero se non quello di impedire a quell'uomo di parlare contro il suo Signore e Salvatore, e sotto lo sguardo dell'imperatore e di tutti i presenti, Nicola strinse il pugno. Tirò indietro il braccio e sferrò un colpo ad Ario in pieno volto.

Il presbitero inciampò e cadde all'indietro, sia
per l'impatto del colpo sia per lo shock che ne
derivò. Anche Nicola rimase stordito insieme a
tutti i presenti in sala. Con gli stessi passi deliberati
e intenzionali che aveva compiuto per avvicinarsi a
quell'uomo, Nicola ora tornò alla sua sedia e
riprese posto.

Un sussulto collettivo risuonò nella sala quando
Nicola colpì Ario, seguito da un'esplosione di
trambusto quando Nicola si sedette di nuovo al
suo posto. L'interruzione minacciava di gettare nel
caos l'intera procedura. La stragrande maggioranza
dei presenti nella sala sembrava voler saltare in
piedi e tributare a Nicola una standing ovation per
questo atto audace - compreso, dall'espressione del
suo volto, persino lo stesso imperatore! Ma per gli
altri, Ario in testa, non ci furono parole di sdegno.
Tutti sapevano quale terribile offesa Nicola avesse
appena commesso. Era infatti illegale, per
chiunque, usare violenza di qualsiasi tipo in
presenza dell'imperatore. La punizione per un atto
simile era il taglio immediato della mano.

Costantino conosceva la legge, naturalmente,
ma conosceva anche Nicola. Una volta aveva
persino fatto un sogno su di lui, in cui quest'ultimo
lo avvertiva di concedere una sospensione
dell'esecuzione a tre uomini della sua corte,
avvertimento che Costantino ascoltò e mise in
pratica nella vita reale. Quando l'imperatore

condivise quel sogno con uno dei suoi generali, questi gli raccontò ciò che Nicola aveva fatto per i tre uomini innocenti a Myra. Il generale, infatti, era uno dei tre che aveva assistito di persona al coraggio di Nicola.

Anche se l'atto di Nicola contro Ario poteva apparire avventato, Costantino ammirava Nicola. Conosciuto per la sua prontezza di riflessi e per la rapidità d'azione, l'imperatore alzò la mano e fece calare un istantaneo silenzio nella sala. «Questa è certamente una sorpresa per tutti noi», disse. «E sebbene la pena per un atto del genere in mia presenza sia chiara, preferirei rimandare la questione ai leader del Consiglio. Questo congresso è vostro e mi rimetto alla vostra saggezza per condurlo come meglio crediate».

Costantino aveva guadagnato tempo e benevolenza tra le varie fazioni. Il consiglio, nel complesso, sembrava essere d'accordo con la posizione di Nicola, almeno nello spirito, anche se non poteva essere d'accordo con la sua azione avventata. Avrebbe voluto escogitare una qualche forma di punizione, poiché non farlo avrebbe mancato di onorare lo stato di diritto. Tuttavia avendo ricevuto dall'imperatore stesso il permesso di fare ciò che i vescovi ritenevano opportuno, piuttosto che addire alla punizione standard, si sentirono liberi di intraprendere un'altra forma di azione.

Dopo una breve delibera, i leader del Consiglio si trovarono d'accordo e stabilirono che Nicola fosse immediatamente sollevato dalla sua posizione di vescovo, che fosse bandito dal partecipare al resto del concilio di Nicea e che fosse tenuto agli arresti domiciliari all'interno del palazzo. Lì avrebbe potuto attendere qualsiasi altra decisione del consiglio allo scioglimento dell'assemblea di quell'estate. Alla luce del reato commesso, si trattava di una sentenza clemente.

Ma ancor prima di conoscere la sua sorte Nicola aveva cominciato già a punirsi da solo per ciò che aveva appena fatto. In meno di un minuto, era passato dallo sperimentare l'euforia dell'essere su una delle cime più alte della sua vita, al frastorno di trovarsi nelle sue valli più profonde.

Stava prendendo parte a uno dei più grandi conclavi della storia del mondo, eppure aveva appena fatto qualcosa che sapeva non avrebbe mai potuto ritirare. Le conseguenze delle sue azioni si sarebbero ripercosse su di lui per il resto della sua vita, ne era certo, o almeno per quello che gli rimaneva da vivere. La sensazione che provava poteva essere compresa, forse, solo da chi l'aveva già provata: il peso, la vergogna e l'agonia di un momento di peccato che avrebbe potuto schiacciarlo, se non avesse conosciuto il perdono di Cristo.

Quando sollevarono Nicola dal suo titolo di vescovo, fu davanti a tutta l'assemblea. Fu spogliato degli abiti vescovili e scortato fuori dalla sala in catene. Ma questo tipo di disonore era un'inezia rispetto all'umiliazione che stava vivendo dentro. Era persino troppo insensibile per piangere.

CAPITOLO 34

«Che cosa ho fatto?» Nicola chiese a Demetrio mentre i due sedevano in una stanza, nell'angolo più remoto del palazzo. Questa camera era diventata la cella di fortuna di Nicola, che sarebbe stato agli arresti domiciliari per il resto del concilio. Demetrio, sfruttando le sue ormai ampie capacità di accedere ad aree altrimenti non autorizzate, aveva trovato ancora una volta il modo di visitare l'amico in prigione.

«Che cosa hai fatto?!? Cos'altro *avresti* potuto fare?», ribatté Demetrio. «Se non l'avessi fatto tu, l'avrebbe fatto sicuramente qualcun altro, o almeno avrebbe dovuto. Con quel pugno hai fatto un favore ad Ario e a tutti noi. Se avesse continuato con la sua diatriba, chissà con quale punizione il Signore stesso si sarebbe abbattuto sull'intera assemblea!». Naturalmente, Demetrio sapeva che Dio era capace di trattenersi, e spesso lo fa, quando la gente inveisce contro di Lui e contro i suoi modi. Egli è molto più clemente di quanto ognuno di noi possa mai esserlo.

Ciononostante Demetrio sentiva che le azioni dell'amico erano giustificate.

Nicola, però, non riusciva a vederla così in quel momento. Era più probabile, pensava, che fosse appena riuscito a far guadagnare ad Ario la simpatia di cui aveva bisogno per vincere la sua causa. Sapeva che quando le persone perdono un'argomentazione basata sulla logica, spesso si appellano alle pure emozioni, andando dritti al cuore dei loro ascoltatori, indipendentemente dal fatto che la loro causa abbia o meno senso. E per quanto Ario potesse perdere il suo pubblico sulla base della logica, Nicola sentiva che le sue azioni avrebbero potuto far pendere la bilancia emotiva a favore del presbitero.

Il tormento di questi pensieri martellava la mente di Nicola. Il processo era appena iniziato e lui avrebbe dovuto stare agli arresti domiciliari per i prossimi due mesi. Come avrebbe fatto a sopravvivere a questo assalto di emozioni, giorno dopo giorno, durante quel periodo?

Nicola era cosciente del fatto che questa cella sarebbe stata completamente diversa da quella in cui Diocleziano lo aveva messo per più di dieci anni. Stavolta, sentiva di essersi finito con le sue stesse mani. E sebbene questa prigione fosse una splendida stanza all'interno di un palazzo, per il modo di pensare di Nicola, era molto peggio di quella lurida in cui aveva rischiato di morire.

Nell'altra cella, era consapevole di esserci finito per le azioni sbagliate di altri. Questo gli dava la sensazione che quello che doveva sopportare, era parte della sofferenza naturale che Gesù aveva detto che sarebbe toccata a tutti i suoi seguaci. Invece, in questa cella sapeva di esserci finito a causa delle sue azioni insensate, azioni che considerava imperdonabili, un pensiero che molti nell'assemblea avrebbero giustamente condiviso.

Per decenni Nicola era stato conosciuto come un uomo calmo, con forza interiore e dignità posata. Poi, in un solo giorno, aveva perso tutto, e per giunta di fronte all'imperatore! Come avrebbe potuto perdonarsi? «Come posso», chiese a Demetrio: «rimangiarmi quello che ho appena fatto al nome del Signore?».

Demetrio rispose: «Forse Lui non vuole che te lo rimangi. Forse non è quello che pensi di aver fatto *al* Suo nome che gli sta tanto a cuore, ma quello che hai fatto *nel* Suo nome. Di sicuro hai fatto quello che io e la stragrande maggioranza dei presenti in sala avremmo voluto fare, se solo avessimo avuto il coraggio di farlo».

Le parole di Demetrio rimasero nell'aria. Mentre Nicola le contemplava, un lieve sorriso comparve sul suo volto. Forse, dopo tutto, c'era una logica nelle intenzioni del suo cuore che lo avevano spinto a comportarsi così. Voleva sinceramente onorare e difendere il suo Signore, senza in alcun modo distogliere l'attenzione da Lui, il solo a meritarla. Pietro, ricordava, visse un'esperienza simile nel difendere il suo Signore. E Nicola ora si rendeva conto di ciò che Pietro avesse provato quando tagliò l'orecchio a uno degli uomini che erano venuti a catturare il suo Maestro. Gesù disse a Pietro di mettere via la spada e poi guarì l'orecchio dell'uomo. Era ovviamente in grado di difendersi bene da solo, ma Nicola doveva dare credito a Pietro per il suo appassionato modo di difendere il suo Maestro.

Nicola non era ancora convinto di aver fatto la cosa giusta, ma si sentiva in buona compagnia con altri che avevano agito secondo le loro passioni. Le parole di Demetrio lo aiutarono a capire che non era solo nel suo pensiero, e gli fu di conforto il fatto che il suo amico non lo avesse abbandonato del tutto dopo l'accaduto. Il sostegno di Demetrio fu un balsamo lenitivo per l'anima di Nicola e lo aiutò a superare un altro dei momenti più bui della sua vita.

Sebbene Nicola fosse convinto che il danno causato fosse irreversibile in termini umani - e che Dio avrebbe dovuto lavorare a tempo pieno per far sì che da questa vicenda uscisse qualcosa di buono - Nicola sapeva cosa doveva fare. Anche nel momento della sua più profonda umiliazione, sapeva che la cosa migliore che poteva fare era fare ciò che aveva sempre fatto: riporre la sua totale fede e fiducia in Dio. Ma come? Come poteva credere che Dio fosse in grado di usare questo episodio per il bene?

Come se fosse in grado di leggergli nei pensieri, Demetrio sapeva esattamente ciò di cui Nicola aveva bisogno per aiutarlo ad avere di nuovo fiducia in Dio. Fece, infatti, quello che il suo amico aveva fatto per lui, Samuele e Rut tanti anni prima: gli raccontò una storia.

CAPITOLO 35

Demetrio iniziò: «Che tipo di storia vorresti ascoltare oggi? Una bella storia o una brutta?». Era il modo in cui Nicola solito introdurre le storie della Bibbia che raccontava a lui, Samuele e Rut durante le loro numerose avventure in Terra Santa. Poi iniziava a deliziare i bambini con un racconto su un personaggio biblico buono o cattivo, oppure con una storia bella o brutta il cui finale era l'opposto di come cominciava.

Nicola alzò lo sguardo con interesse. «Non importa», continuò Demetrio: «perché la storia che devo raccontarti oggi potrebbe essere buona o cattiva. Lo saprai solo alla fine. Ma ho imparato da un buon amico», disse strizzando l'occhio a Nicola: «che il miglior modo per godersi una storia è fidarsi sempre di chi la racconta».

Nicola affermava di osservare le reazioni della gente ogni volta che raccontava storie.

«Quando le persone si fidano del narratore», aveva detto: «apprezzano la storia, qualunque cosa accada, perché *loro* sanno che il *narratore* ne *conosce* il finale. Ma quando invece non si fidano del narratore, le loro emozioni vanno su e giù come una barca in tempesta, a seconda di ciò che accade nella storia. La verità è che solo il narratore sa con certezza come finirà la storia. Quindi, se ti fidi del narratore, puoi godertela dall'inizio alla fine».

Ora toccava a Demetrio raccontare una storia a Nicola. Ne scelse una che riguardava un altro uomo mandato in prigione, un uomo di nome Giuseppe. Demetrio raccontò al suo amico di come la vita di Giuseppe sembrasse avere alti e bassi.

Cominciò: «Il padre di Giuseppe lo amava e gli regalò una bella tunica colorata. Questo è buono, vero?».

Nicola annuì.

«E invece no, questo era male, perché i fratelli di Giuseppe videro la tunica e furono gelosi di lui e lo vendettero come schiavo. Questo è un male, giusto?".

Nicola annuì.

«No, invece fu un bene, perché Giuseppe fu incaricato di gestire le proprietà di un uomo molto ricco. E questo è buono, giusto?».

Nicola annuì di nuovo.

«No, questo è male», disse Demetrio: «perché la moglie dell'uomo ricco cercò di sedurlo e, quando Giuseppe resistette, lei lo spedì in prigione. E questo è un male, vero?».

Nicola smise di annuire perché sapeva dove il giovane voleva andare a parare.

«No, questo è un bene», disse Demetrio: «perché Giuseppe fu messo a capo di tutti gli altri prigionieri. Li aiutò persino a interpretare i loro sogni. E questo è un bene, no?».

Nicola continuò ad ascoltare con attenzione.

«No, è male, perché dopo aver interpretato i loro sogni, lui chiese a uno degli uomini di aiutarlo a uscire di prigione una volta fuori, ma l'uomo si dimenticò di Giuseppe e lo lasciò lì. Questo è un male, vero?».

Nicola si sentiva come l'uomo abbandonato in prigione.

«No, è un bene! Perché Dio aveva messo Giuseppe nel posto giusto, nel momento giusto. Quando il re d'Egitto fece un sogno ed ebbe bisogno di qualcuno che lo interpretasse, l'uomo che era stato liberato, improvvisamente si ricordò di Giuseppe e gli parlò di lui.

Il re allora convocò Giuseppe, chiese di interpretare il suo sogno e lui lo fece. Il sovrano rimase così impressionato da metterlo a capo di tutto il suo regno. Come risultato, Giuseppe fu in grado di utilizzare la sua nuova posizione per salvare centinaia di migliaia di vite, tra cui quella di suo padre e persino dei suoi fratelli, proprio quelli che lo avevano venduto. E questo è molto buono!».

«Quindi vedi,» concluse Demetrio: «come ci hai sempre detto tu, non conosciamo il finale del racconto fino a che non arriviamo alla fine. Dio, invece, sapeva cosa stava facendo fin dall'inizio! Ascolta...

- al momento giusto, Giuseppe venne alla luce e suo padre lo amò,

- così che, al momento giusto, i suoi fratelli lo avrebbero maltrattato;

- affinché, al momento giusto, arrivassero i mercanti di schiavi e lo comprassero;

- così che, al momento giusto, fosse messo a capo della casa di un uomo ricco,

- affinché, al momento giusto, fosse spedito in prigione;

- così che, al momento giusto, fosse messo a capo dei prigionieri;

- affinché, al momento giusto, potesse interpretare i loro sogni,

- così che, al momento giusto, potesse poi interpretare i sogni del Faraone;

- affinché, al momento giusto, diventasse il secondo in comando di tutto l'Egitto;

- di modo che, al momento giusto, Giuseppe si trovasse nell'unico posto al mondo in cui Dio voleva che si trovasse per poter salvare la vita di suo padre e dei suoi fratelli e di molte altre persone!

Durante tutto il suo percorso, Giuseppe non ha mai rinunciato a Dio. Conosceva il segreto per godersi la storia mentre la viveva: si è sempre fidato del narratore, di colui che stava scrivendo la storia della sua vita».

Tutte le paure e i dubbi di Nicola svanirono in quei momenti e lui seppe di potersi fidare del narratore, colui che stava scrivendo la storia della sua vita. Non era ancora finita, per lui, doveva solo confidare nel fatto che lo stesso Dio che lo aveva portato fino a quel capitolo della sua vita, era in grado di condurlo sino al finale.

Nicola guardò Demetrio con un sorriso di ringraziamento, poi chiuse gli occhi. Sarebbero stati due lunghi mesi di attesa prima di conoscere la decisione del Consiglio. Tuttavia sapeva che se fosse riuscito a fidarsi di Dio in quel momento, e poi in quello dopo, entrambi si sarebbero sommati ai minuti, e i minuti sarebbero diventati ore. Le ore si sarebbero trasformate in settimane, poi in mesi, poi in anni. Tutto aveva inizio dalla fiducia in Dio in quel momento, ne era certo.

Con gli occhi ancora chiusi, Nicola ripose la sua piena fede e fiducia nel Signore. La pace di Dio inondò il suo cuore. Ben presto passarono i due mesi. Il consiglio era pronto a prendere le decisioni conclusive su molte questioni, compresa quella che aveva portato Nicola agli arresti domiciliari e lui stava per scoprirne i risultati.

CAPITOLO 36

«Ce l'hanno fatta!» urlò Demetrio irrompendo dalla porta della stanza di Nicola non appena la guardia del palazzo l'aprì.

«Ce l'hanno fatta!», ripeté. «Hanno finito! Il consiglio ha votato e ha dato ragione a te! Tutti i trecentodiciotto vescovi, tranne due, si sono schierati con te contro Ario!».

Una sensazione di sollievo percorse tutto il corpo di Nicola.

Anche Demetrio sembrava riuscire a provare lo stesso, mentre guardava la notizia inondare l'intero essere di Nicola.

«Inoltre», proseguì Demetrio: «il Consiglio ha deciso di non prendere ulteriori provvedimenti contro di te!».

Entrambe le notizie erano il miglior risultato che Nicola potesse immaginare. Anche se l'azione di Nicola gli era costata la sua posizione di vescovo, non aveva compromesso l'esito del procedimento. Era persino possibile - anche se non lo avrebbe mai saputo con certezza - che quell'atto avesse, forse, in qualche modo influenzato ciò che avvenne in quei mesi estivi in quello storico concilio.

Pochi minuti dopo l'arrivo di Demetrio, un altro visitatore si presentò alla porta di Nicola. Si trattava di Costantino.

La decisione del Consiglio su cosa fare di Nicola di sicuro era una cosa, ma la decisione di Costantino era un'altra. Una nuova ondata di paura si abbatté su Nicola mentre vagliava le possibilità.

«Nicola», disse l'imperatore: «volevo ringraziarti personalmente per essere venuto qui come mio ospite a Nicea. Voglio scusarmi per quello che hai dovuto sopportare negli ultimi due mesi. Non era quello che avevo previsto per te e sono sicuro che non era nemmeno quello che tu avevi previsto. Ma anche se non hai potuto partecipare al resto del processo, ti assicuro che la tua presenza si è sentita in ogni riunione. Quello che hai fatto quel giorno nella sala mi ha fatto comprendere cosa significhi seguire Cristo più di qualsiasi altra cosa abbia ascoltato nei giorni successivi. Mi farebbe piacere ti facessi sentire in futuro, se fossi disposto di nuovo a essere mio ospite. La prossima volta, però, non resterai nell'angolo più remoto del palazzo. Infine, ho chiesto e ottenuto il permesso dal Consiglio di reintegrarti nella tua posizione di vescovo di Myra. Credo che Colui che ti ha chiamato a servirlo vorrebbe che tu continuassi a fare quello che hai fatto fino a questo momento.

Per quanto mi riguarda, lasciami dire, che apprezzo ciò che hai fatto qui più di quanto immagini. Grazie per essere venuto e, quando sarai pronto, sarai libero di tornare a casa».

Nicola aveva ascoltato le parole di Costantino come se fosse in un sogno. Non riusciva a credere alle sue orecchie. Di tutte le parole che l'imperatore aveva appena pronunciato, nessuna gli sembrava migliore di quella finale: casa. Non desiderava altro se non tornare dal gregge che serviva. Era per quelle persone che si era recato a questo importante raduno, per assicurarsi che le Verità che aveva insegnato loro continuassero a essere insegnate in tutta la terra.

Dopo più di due mesi di separazione, domandandosi che fine avrebbero fatto loro e le centinaia di migliaia di persone come loro in futuro influenzate dalle decisioni prese a Nicea, Nicola poteva finalmente tornare a casa. Era di nuovo libero in più di un senso.

PARTE 7

CAPITOLO 37

Nicola si trovava per l'ultima volta nel suo posto preferito: in riva al mare. Erano passati diciott'anni da quando era tornato a Myra dopo il concilio di Nicea. Nei giorni trascorsi dal ritorno a casa, continuò a servire il Signore come aveva sempre fatto: con tutto il cuore, l'anima, la mente e la forza.

Era giunto sulla riva del mare con Demetrio e Anna Maria, che si erano portati dietro una dei loro nipoti, una bambina di sette anni di nome Rut.

Rut correva avanti e indietro tra le onde, mentre Demetrio e Anna Maria cercavano di seguirla. Nicola aveva il tempo di contemplare il mare e, come spesso faceva, anche l'eternità.

Ripensando alla sua vita, non seppe mai se davvero era riuscito a realizzare ciò che desiderava: fare la differenza nel mondo. Lungo il cammino aveva intravisto dei cambiamenti, ovviamente, nella vita di persone come Demetrio, Samuele, Rut, Sofia, Cecilia e Anna Maria.

Aveva addirittura imparato da persone come il capitano della nave, il quale quando arrivò a Roma, scoprì che la sua imbarcazione aveva miracolosamente lo stesso peso di quando era salpata da Alessandria, nonostante avesse donato alla gente di Myra del grano per diversi anni. Ricordi come questi incoraggiavano Nicola a credere che Dio lo aveva davvero guidato nelle sue decisioni.

Tuttavia, conservava lo stesso dei dubbi. Non scoprì mai se ciò che aveva fatto al concilio di Nicea fosse stata la cosa giusta. Non arrivò mai a sapere se le sue conversazioni private con Costantino avessero potuto influenzare la fede personale in Cristo dell'Imperatore.

Fu comunque incoraggiato nell'apprendere che anche la madre di Costantino si era recata in pellegrinaggio in Terra Santa, proprio come aveva fatto lui. Dopo la sua visita, la donna convinse Costantino a costruire chiese nei luoghi sacri che aveva visto. Di recente aveva completato la costruzione di una chiesa a Betlemme nel luogo in cui era nato Gesù e una a Gerusalemme dove Gesù era morto e risorto.

Nicola era consapevole di aver avuto sia successi, sia fallimenti nella sua vita. Ripensandoci, però, non riusciva sempre a distinguerli! Le volte che considerava come delle valli si rivelavano essere cime di montagne, e quelle che pensava come cime si scoprivano valli. La cosa più importante però, ricordava a se stesso, era la fiducia che riponeva nel Signore, sapendo che tutte le cose cooperano al bene per coloro che amano Dio, i quali sono chiamati secondo il suo proposito.

Di ciò che il futuro riservava al mondo, Nicola non ne aveva idea. Ma era sicuro di aver fatto quello che poteva con il tempo a sua disposizione. La sua intenzione fu quella di amare Dio e il prossimo, come Gesù lo aveva chiamato a fare. E dove aveva fallito lungo la strada, confidava che Gesù avrebbe coperto quei fallimenti, proprio come aveva coperto i suoi peccati morendo in croce.

Come suo padre aveva fatto prima di lui, Nicola guardò di nuovo il mare. Poi, chiudendo gli occhi, chiese a Dio la forza per il prossimo viaggio che stava per intraprendere.

Lasciò che il sole gli scaldasse il viso, poi aprì le mani e fece in modo che la brezza le sollevasse in aria. Lodò Dio mentre quel caldo venticello fluttuava dolcemente tra i suoi polpastrelli.

La piccola Rut fece ritornò dopo aver sguazzato nell'acqua, seguita a ruota da Demetrio e Anna Maria. Guardò, allora, Nicola, con gli occhi chiusi e le mani alzate verso il cielo. Si avvicinò a lui, gli tirò i vestiti e chiese: «Nicola, hai *mai* visto Dio?».

Lui aprì gli occhi e si rivolse a Rut, poi sorrise a Demetrio e Anna Maria. Guardò il sole, le onde e le miglia di costiera che si estendevano in entrambe le direzioni di fronte ai suoi occhi. Voltò di nuovo il viso verso Rut e disse: «Sì, Rut, ho visto Dio. E più invecchio, più lo vedo ovunque io posi il mio sguardo».

Rut sorrise e Nicola la abbracciò calorosamente. Poi, con la stessa velocità con cui era corsa da lui, ritornò a giocare.

Nicola scambiò un sorriso con Demetrio e Anna Maria, poi anche loro si allontanarono di nuovo, inseguendo Rut lungo la spiaggia.

Guardò un'ultima volta quel bellissimo mare, poi si voltò e si diresse verso casa.

EPILOGO

E ora sai qualcosa di più su di me, Demetrio Alexander, e sul mio buon amico Nicola. Quella fu l'ultima volta che lo vidi, fino a stamattina. Mi aveva chiesto se poteva passare qualche giorno da solo, solo lui e il Signore che amava. Mi disse che doveva prepararsi per un altro viaggio. Anna Maria e io avevamo intuito, naturalmente, che cosa intendesse.

Sapevamo che, forse, si stava preparando per tornare a casa, alla sua vera casa, quella che Gesù aveva detto che avrebbe preparato per quelli di noi che credono in Lui.

Nicola aveva atteso con ansia questo viaggio per tutta la vita. Non che volesse rinnegare un singolo momento dell'esistenza che Dio gli aveva donato qui sulla terra, visto che riconosceva avesse uno scopo unico, altrimenti Dio non l'avrebbe mai creata con tanta bellezza, precisione e meraviglioso mistero.

Ma mentre la sua vita terrena volgeva al termine, lui si dichiarò pronto. Era pronto ad andare e non vedeva l'ora di vedere tutto ciò che Dio aveva in serbo per lui.

Così questa mattina, quando Nicola mandò a chiamare Anna Maria, me e alcuni altri amici per venire a trovarlo, capimmo che il momento era arrivato.

Quando entrammo in questa stanza, lo trovammo sdraiato sul suo letto, proprio come adesso. Respirava tranquillo e ci fece cenno di avvicinarci. Non riuscivamo a trattenere le lacrime e lui non cercò di fermarci. Sapeva quanto fosse difficile dire addio a chi si ama. Ma ci rese le cose più facili. Sorrise ancora una volta e poi parlò dolcemente, dicendo le stesse parole che aveva pronunciato quando gli raccontai della morte di Rut molti anni prima: «In entrambi i casi siamo vincitori», disse. «In entrambi i casi siamo vincitori».

«Sì, Nicola», dissi. «In entrambi i casi siamo vincitori». Poi nella stanza cadde il silenzio. Nicola chiuse gli occhi e si addormentò per l'ultima volta.

L'uomo che giaceva davanti a noi dormiva come se fosse una qualunque notte della sua vita. Noi sapevamo, però, che questo era un momento sacro. Era appena entrato alla presenza del Signore. Lo aveva sempre fatto da vivo e noi eravamo certi che lo stesse facendo anche adesso in cielo, Nicola stava camminando, parlando e ridendo con Gesù, questa volta però, faccia a faccia.

Potevamo solo immaginarci cosa Nicola avrebbe detto al suo Signore. Sapevamo, però, con certezza cosa gli avrebbe detto Gesù: «Ben fatto, mio buon servo fedele. Ben fatto. Vieni a condividere la felicità del tuo Maestro».

Non ho idea di come la storia ricorderà Nicola, se davvero lo farà. Non era un imperatore come Costantino. Non era un tiranno come Diocleziano. Non era un oratore come Ario. Era semplicemente un cristiano, che cercò di vivere la sua fede, toccando una vita alla volta come meglio sapeva fare.

Forse Nicola si chiese davvero se la sua vita avesse fatto qualche differenza. Io so la mia risposta e ora che conoscete la sua storia, vi lascerò decidere in autonomia. Alla fine, credo che solo Dio sappia quante vite sono state toccate da quest'uomo straordinario.

Del resto, so che ognuno di noi ha una sola vita da vivere. Ma se la viviamo nel modo giusto, come Nicola, una vita è abbastanza.

CONCLUSIONI
di Eric Elder

Ciò di cui Nicola era all'oscuro e che chi lo conobbe non avrebbe mai potuto immaginare, era quanto la sua vita avrebbe influenzato altre persone, non solo in tutto il mondo, ma anche per generazioni.

Per i suoi genitori lui era il figlio adorato, mentre per quelli della sua città il loro vescovo amato. Per noi, però, è diventato celebre con un altro nome: San Nicola.

La parola biblica "santo" significa letteralmente "credente". La Bibbia parla dei santi di Efeso, dei santi di Roma, dei santi di Filippi e dei santi di Gerusalemme. In questi casi la parola si riferisce ai credenti che si trovavano in quelle città. Così Nicola divenne giustamente noto come "San Nicola" o, per dirla in altro modo "Nicola, il credente". La traduzione latina è "Santa Klaus", in olandese "Sinterklaas", da cui deriva il nome "Santa Claus".

Il suo buon nome e le sue buone azioni furono fonte di ispirazione per così tanti, che il giorno in cui passò da questa all'altra vita, il 6 dicembre 343 d.C., tuttora è una data festeggiata in tutto il mondo.

Sono state raccontate molte leggende su Nicola nel corso degli anni, alcune delle quali gli attribuiscono qualità straordinarie. Tuttavia il motivo per il quale tante leggende di questo tipo si diffondono, comprese quelle riguardanti San Nicola, si trova proprio nella straordinarietà della vita delle persone di cui narrano. Erano così buone o così rispettate che veniva loro attribuita ogni buona azione, come se fossero stati loro a compierla.

Sebbene non tutti i racconti di Nicola possano essere rintracciati nei primi documenti che lo riguardavano, i dati registrati, più vicini al periodo di quando era in vita, *riportano* molte delle storie presenti in questo libro. Per aiutarvi a fare una cernita, ecco quello che sappiamo:

- Nicola nacque tra il 260 e il 280 d.C. a Patara, una città che è possibile visitare ancora oggi in Turchia, sulla costa settentrionale del Mar Mediterraneo.

- I genitori di Nicola erano cristiani devoti che morirono durante una pestilenza quando Nicola era un ragazzo, lasciandogli una cospicua eredità.

- Nicola fece pellegrinaggio in Terra Santa e si trasferì lì per alcuni anni, prima di fare ritorno nella sua provincia di origine, la Licia.

- Nicola attraversò il Mar Mediterraneo su una nave che fu colta da una tempesta. Dopo aver pregato, l'imbarcazione raggiunse la destinazione come se qualcuno avesse miracolosamente tenuto fermo il timone. Il timone di una nave è chiamato anche barra e i marinai del Mediterraneo, ancora oggi, si augurano buona fortuna dicendo: «Che Nicola tenga la barra!»

- Quando Nicola tornò dalla Terra Santa, si stabilì nella città di Myra, a circa 30 miglia dalla sua città natale, Patara. Divenne vescovo di Myra e visse lì il resto della sua vita.

- Nicola fece, in segreto, tre donazioni d'oro in tre diverse occasioni a un uomo le cui figlie dovevano essere vendute come schiave, perché non aveva denaro da offrire ai potenziali mariti come dote. La famiglia scoprì che Nicola era il misterioso donatore durante uno dei tentativi ed è ecco perché oggi ne conosciamo la storia. In questa versione, abbiamo aggiunto il colpo di scena in cui a consegnare il terzo sacchetto di monete è Demetrio, per catturare l'idea che, all'epoca come anche ai giorni nostri, si facevano molti doni a nome di San Nicola, noto proprio per queste azioni. Il tema della redenzione è così strettamente associato alla storia del Santo, che se oggi si passa davanti a un banco dei pegni, ci si accorgerà spesso di tre palline d'oro nel logo, che rappresentano i tre sacchi di monete che Nicola regalò per risparmiare a quelle ragazze il loro sfortunato destino.

- Nicola difese la vita di tre uomini innocenti, ingiustamente condannati a morte da un magistrato di Myra, prendendo la spada direttamente dalla mano del boia.

- "Nicola, vescovo di Myra" è riportato in alcuni, ma non su tutti, documenti storici che menzionano i partecipanti al vero Concilio di Nicea, convocato dall'imperatore Costantino nel 325 d.C. Una delle decisioni principali del Concilio riguardava la divinità di Cristo, che portò alla stesura del Credo di Nicea, che ancora oggi viene recitato in molte chiese. Alcuni storici sostengono che il nome di Nicola non compaia in tutti i registri del Concilio a causa del suo allontanamento forzato dall'assemblea, dopo che colpì Ario per aver negato che Cristo fosse divino. Il nome di Nicola, però, viene menzionato in almeno cinque di questi antichi registri, compreso il primo manoscritto greco dell'evento.

- Il Credo di Nicea fu adottato dal Concilio di Nicea diventando una delle più diffuse e brevi dichiarazioni di fede cristiana. La versione originale recita, in parte, come tradotto dal greco:

"Credo in un solo Dio, Padre onnipotente, Creatore del cielo e della terra, di tutte le cose visibili e invisibili. Credo in un solo Signore, Gesù Cristo, unigenito Figlio di Dio, nato dal Padre prima di tutti i secoli: Dio da Dio, Luce da

Luce, Dio vero da Dio vero, generato, non creato, della stessa sostanza del Padre; per mezzo di lui tutte le cose sono state create. Per noi uomini e per la nostra salvezza discese dal cielo, e si è incarnato e si è fatto uomo. Soffrì e il terzo giorno è risuscitato, è salito al cielo. E di nuovo verrà, nella gloria, per giudicare i vivi e i morti..." Le versioni successive, a partire già dal 381 d.C., hanno modificato e chiarito alcune delle espressioni originali, risultando in alcuni casi simili ma non del tutto identiche a quelle oggi in uso.

- Si narra che Nicola abbia fatto molto per la gente di Myra, tra cui assicurarsi il grano di una nave che viaggiava da Alessandria d'Egitto a Roma, salvando quella regione da una carestia.

- La madre di Costantino, Elena, visitò la Terra Santa e incoraggiò Costantino a costruire chiese nei posti, secondo lei, di maggiore rilievo per la fede cristiana. Gli edifici furono costruiti proprio in quei luoghi, indicati dai credenti locali, in cui era nato Gesù e in cui era morto e risorto. La Chiesa della Natività a Betlemme e la Chiesa del Santo Sepolcro a Gerusalemme, furono distrutte e ricostruite molte volte nel corso degli anni, ma sempre negli stessi luoghi in cui la madre di Costantino, e probabilmente Nicola stesso, le avevano viste.

- La data di morte di Nicola è stata fissata al 6 dicembre 343 d.C. ed è possibile visitare ancora la sua tomba nella moderna città di Demre, in

Turchia, un tempo conosciuta come Myra, nella provincia di Licia. Le ossa di Nicola furono rimosse dalla tomba nel 1087 d.C. da alcuni uomini provenienti dall'Italia che temevano potessero essere distrutte o trafugate, dato che il Paese era stato invaso. Furono poi portate nella città di Bari, dove ancora oggi sono sepolte.

Delle molte altre storie raccontate o attribuite a Nicola, è difficile sapere con certezza quali siano realmente accadute e quali attribuite semplicemente a lui in virtù del suo già buon nome e popolarità. Per esempio, nel XII secolo cominciarono a emergere storie su come Nicola avesse riportato in vita tre bambini, brutalmente uccisi. Anche se i primi resoconti registrati di questa storia sono apparsi solo più di 800 anni dopo la morte di Nicola, questa storia è una delle più frequentemente associate a lui nelle opere d'arte religiosa, in cui vengono rappresentati tre bambini risuscitati, davanti al vescovo. Abbiamo cercato di includere l'essenza di questa storia in questo romanzo sotto forma dei tre orfani che Nicola incontrò in Terra Santa e che riportò in vita, almeno spiritualmente.

Anche se tutti questi racconti aggiuntivi non si possono assegnare totalmente a Nicola, possiamo dire che la sua vita e il suo ricordo hanno esercitato un effetto così profondo nella storia, che più chiese in tutto il mondo portano il nome di

"San Nicola" più di qualsiasi altro personaggio, al di fuori dei discepoli originari.

Qualcuno si chiede se sia giusto credere in San Nicola. Probabilmente lui non si preoccuperebbe poi tanto se crediate o meno in *lui,* ma gli interesserebbe di più che crediate in Colui in cui lui ha creduto, *Gesù Cristo.*

Un'immagine popolare dei giorni nostri mostra il Santo con il cappello al suo fianco, inginocchiato davanti a Gesù Bambino nella mangiatoia. Sebbene questa scena non avrebbe mai potuto realizzarsi nella vita vera, dato che San Nicola nacque quasi 300 anni *dopo* la nascita di Cristo, l'intenzione dell'artista non potrebbe essere più precisa. Nicola *fu* un vero credente in Gesù e lodava, adorava e viveva la sua vita al servizio di Cristo.

San Nicola non avrebbe mai voluto che la sua storia *sostituisse* quella di Gesù nella mangiatoia, ma avrebbe voluto che la sua storia *indicasse* Gesù nella mangiatoia. Ecco perché abbiamo scritto questo libro.

Mentre le storie inserite in quest'opera sono state selezionate tra le tante che avevano come scopo la narrazione delle vicende del Santo nel corso degli anni, qui, però, sono state riportate affinché possiate credere – non solo in Nicola, bensì in Gesù Cristo, il suo Salvatore. Questi racconti sono stati scritti per lo stesso motivo per cui l'apostolo Giovanni riportò le vicende di Gesù nella Bibbia. Giovanni disse di aver scritto il suo vangelo:

"... affinché voi crediate che Gesù è il Cristo, il Figlio di Dio e affinché, credendo, abbiate vita nel suo nome." *(Giovanni 20:31).*

Nicola desidererebbe lo stesso per voi. Vorrebbe che vi convertiste in ciò che era lui: un credente.

Se non l'avete mai fatto, riponete oggi la vostra fede in Gesù Cristo, chiedendogli di perdonare i vostri peccati e di darvi la garanzia che vivrete con Lui per sempre.

Se avete già riposto la vostra fede in Cristo, lasciate che questa storia vi ricordi quanto sia realmente prezioso credere in Gesù. Rinnovate oggi il vostro impegno a servire Cristo come lo ha fatto Nicola: con tutto il cuore, l'anima, la mente e la forza. Dio farà davvero in modo che tutte le cose cooperino per il bene per coloro che lo amano. Come dice la Bibbia:

"Or noi sappiamo che tutte le cose cooperano al bene per coloro che amano Dio, i quali sono chiamati secondo il suo proponimento". *(Romani 8:28).*

Grazie per aver letto questo libro speciale su quest'uomo speciale, prego che il vostro Natale sia felice e luminoso. Come disse Clement Moore nella sua, ormai, celebre poesia, *Una Visita da San Nicola:*

"Buon Natale a tutti, e a tutti una buona notte!".

Eric Elder

SUGLI AUTORI

Eric e Lana Elder hanno scritto numerose storie di Natale che hanno affascinato e ispirato migliaia di persone nel contesto di una produzione natalizia annuale nota come *The Bethlehem Walk*.

San Nicola: Il Credente segna il debutto del loro primo racconto natalizio completo. Eric e Lana hanno anche collaborato ad altri diversi libri d'ispirazione, tra cui:

Two Weeks With God
What God Says About Sex
Exodus: Lessons In Freedom
Jesus: Lessons In Love
Acts: Lessons In Faith
Nehemiah: Lessons In Rebuilding
Ephesians: Lessons In Grace
Israel: Lessons From The Holy Land
Israel For Kids: Lessons From The Holy Land
The Top 20 Passages In The Bible
Romans: Lessons In Renewing Your Mind
Making The Most Of The Darkness

Per ordinare o saperne di più, visita il sito:
WWW.INSPIRINGBOOKS.COM